転生赤ちゃんは家族のために最強の島をつくります
神獣召喚スキルで無人島を開拓したら、世界一のユートピアになりました
青空あかな
ill. 夕子

CHARACTERS
ジルヴァラ
リオがはじめて召喚した、天気を操るフェンリル。優しくて可愛いリオにメロメロで、リオのお姉さん的存在。
リオ・シャープルズ
神獣を自由に召喚できるスキル【神獣マスター】を授かり、異世界に転生。過保護な両親に見守られながら、最強の神獣たちと楽しく領地開拓中。

ロザリンド・シャープルズ
リオの母親。貴族界でも有名な美貌の持ち主。アーサーとそろってかなりの親バカで、リオを溺愛している。
アーサー・シャープルズ
シャープルズ子爵家の当主で、リオの父親。ロザリンドと結婚したことで公爵の怒りを買い、地獄の島に左遷されてしまう。
リリアン
帝国の第一皇女。空挺騎士団の団長も務めるほどの武力を誇り、国民からの信頼も厚い。リオに出会い、クールな人柄が豹変して…!?

ぱぁ～ん！
（いでよ、ジルヴァラ～）！
カタログから白い光が煌めく。
眩しさに、俺たちは思わず目を瞑った。
数秒で光は弱くなり、
少しずつ明るさが戻る。
そして、目の前には……。

転生赤ちゃんは家族のために最強の島をつくります

神獣召喚スキルで無人島を開拓したら、世界一のユートピアになりました

青空あかな
ill. 夕子

tensei akachan ha
kazoku no tameni
saikyo no shima wo tsukurimasu

目次

第一章：愛されない人生

「ただいま～……って、寒っ！」
休日出勤（ここ重要）のサービス残業（ここ重要）を終えて、ようやく帰宅したボロアパート。扉を開けた瞬間だ。容赦ない冷気が俺を襲ったのは。雪が降るほどの寒さに凍えながら帰ってきたのに、この仕打ちはなんだ。ついでに、誰も出迎えがない。よって、暗い室内からも返事はない。悲しいが、いつものことだ。一人暮らしだからな。
ちなみに、「ただいま～」と言ったのは防犯のためだ。実は、異世界からやってきた可愛い女の子と同棲《どうせい》している……なんて夢、妄想はここにはない。…………いや、妄想はあった。何なら毎日しているくらいだ。

神原理雄《かんばらりお》：三十歳男性。
職業：ブラック社畜（ここ〝極めて〟重要）。
特技：なし（というか疲れて何かを極める余裕ない）。

たった数行で終わってしまうような薄い人間が俺。こんなはずじゃなかったのに……そう思いながら生きているその他大勢だ。とりあえず鞄《かばん》を置いてネクタイを外す。休日出勤とサービス残業のコンボは腹立つが……まぁいい。そろそろ推しの配信が始まる時間だ、見逃してやろう。今日は熱燗《あつかん》だな。冷蔵庫を開けると萎えた。

「………クソが」

肝心の酒を切らしていた。酒どころか飯もない。時計を見ると、推しタイムまであとちょうど三十分だ。どうするかな……うん、買いに行くか。

一瞬迷った後、街に繰り出した。同居人がいたら暖房も入っていただろうから、もう一度外に出るのは躊躇《ちゅうちょ》したな、きっと。寂しい一人暮らしでよかった〜……って、やかましいわ！

分かれ道でしばし迷う。右はコンビニ、左はスーパー。目的の酒と飯は両方ともあるが、最近のコンビニは高いんだよな。左の大きな道に決める。スーパーへの大通りを歩いていたら、街の様子が普段と違うことに気づいた。

——なんか、やたらと家族連れが多いな。

時刻はもう十九時を過ぎたはずだが、子ども連れが目立つ。空はもうすっかり暗いぞ。いくら明日が日曜日といっても帰った方がいいんじゃゃ……。そこまで思って、今日が何の日か思い出した。

——……そうか、クリスマスか。

思い出した瞬間、周りの家族連れが眩《まぶ》しく見える。

――俺は愛を知らない。

仕事が命の両親にとって、俺は邪魔者だったらしい。物心ついたときには、いつも息を殺していた。存在を消すように。家族旅行はおろか、それこそ近所のスーパーでさえ一緒に行ったことがなかった。そもそも、笑顔を向けられた記憶がない。両親は別に子どもが欲しくなかったんだろうな。

結局、高校卒業後は家から逃げるように、地元から遠く離れた県で就職した。両親とはもう十年以上会ってもいない。寂しいっちゃ寂しいが、俺の親子関係はそうだった……という話だ。無論、彼女いない歴年齢。人の愛もろくに知らないうちに三十歳になってしまった。

「ねえ、クリスマスケーキ見て行こっか」

「うんっ！　僕、サンタさんの人形が乗っているのがいい！」

ぼんやり己の境遇を反芻《はんすう》していたら、母子の会話が聞こえた。いつの間にか、スーパーに着いていた。入り口ではクリスマスケーキを販売中だ。少年は嬉《うれ》しそうにケーキを選び、母親も笑顔で店員に注文する。

――……やっぱり、親子っていいな。

強がりはしたが、寂しさに胸がキュッとなった。気を取り直してスーパーに入ろうとしたとき、少年がフラフラと母親の下から離れた。ケーキの梱包《こんぽう》に時間がかかっているようで、飽きてしまったのだろう。微笑ましい光景ではあるが、心臓が不気味に鼓動した。

――……おい、あれヤバくないか？

少年はフラフラと道路に出る。猛スピードで突っ込んでくるトラック。ただでさえ暗いのに、今日は雪だ。ドライバーは少年が見えていないらしい。気づいたら、とっさに体が動いていた。道路に飛び出て、少年を歩道に向けて投げる。

直後、俺は空中に飛び、地面に落ちた。しばらく、何が起きたのか分からなかった。

「お……おい！　事故だ！　救急車ー！」

「兄ちゃん、しっかりしろ！　意識をしっかりもて！」

「大丈夫だぞ！　絶対に助かるからな！」

悲鳴が轟《とどろ》き、ようやく理解した。代わりに俺がはねられたのだ。視界の隅に、泣きそうな表情の母子がいる。母親は少年を抱きしめ、俺に向かって何かを叫んでいた。

――ああ、俺は死ぬんだな。

不思議と切羽詰まった感覚はない。迫りくる死を受け入れていた。心のどこかで、もう助からないと分かっているようだ。何もない薄い人生だったが、最後に幸せな親子の未来を守れた。それでいいじゃないか。徐々に全身から力が抜け、俺は眠るように目を閉じた。

□□□

『ああー、どうしよおおお！　ソシャゲに気を取られて魂の管理を怠るなんてえええ！　全知全能の可憐《かれん》な女神かつ絶世の美女たる私としたことがあああ！』

「………うっ」

女性の叫び声が聞こえ、目が覚めた。目に飛び込んでくるのは、白い天井に白い壁。清潔感ある光景だ。ここは……病院か？　だとすると、俺は助かったのだろうか。

ふと横を見ると、美しい看護師さんがいた。ナースにしてはギラギラの金髪だし、やたらと着飾ってはいるが。さっきの叫び声はこの人だろうな。見かけに寄らず、地声は野太いらしい。

意識がはっきりするにつれ、背中に硬さを感じる。俺はベッドの上にいるかと思っていたが、床に寝ていた。

「あの、看護師さん……ですかね？　俺はいったいどうなったんでしょうか」

彼女は呆然《ぼうぜん》としたまま動かない。まるで、取り返しのつかないミスに精神が壊れたかのようだ。だ、大丈夫かな。心配していたら、看護師さんはこほんっと軽く咳《せき》払いし、自己紹介してくれた。……いや、してくれたのだが。

『こほんっ……初めまして、神原理雄さん。私は女神、アルテミスと申します』

「え！　女神様ぁ!?」

『あなたは死にました』

「ええ！　死んだぁ!?」

『そして、ここは異世界です』

「えええ！　異世界ぃ⁉」

次から次へと衝撃的なセリフが放たれる。看護師さんは女神で、俺は死んで、ここは異世界……だと？　いったいどういうことなんだ。まぁ、確かにこの人は変な格好……といったら失礼だが、ギリシャ神話の神様みたいな白いローブを着ている。

おまけに、よく見ると全身から薄っすらと後光が差していた。今気づいたが、ベッドや椅子など物が何一つない。ここの空間だって端が見えないほどだだっ広かった。こんな広い場所、日本《にほん》はおろか世界中探しても見つからないんじゃなかろうか。じゃあ、この人は本当に女神様……。

『あなたは非常に勇敢な方でした。己の命も省みず迷える少年を救うなんて、誰にでもできることではありません』

「やっぱり、俺は死んじゃったんですね」

『ええ、その代わりあの少年は無事に生きています。あなたは現代の勇者です。シクシクシクシク……』

「そんな……泣かないでくださいよ……」

アルテミス様はシクシクと泣く。俺みたいな若造のために泣いてくれるなんて……優しい女神様なんだろうな。

『……ちょっと失礼、イベントの時間が来ましたので』

そう言うと、アルテミス様は後ろを向いてしまった。ガラスを叩《たた》くようなコンコンという音が聞こえる。イベントって言っていたけど、何やっているんだろう。手伝えることないかな。

さりげなく覗《のぞ》くと……思考が止まった。彼女がプレイしているのはソシャゲだ。俺もハマっていた日本のソシャゲ。ちょうどレイドボスの討伐中だった。

「……アルテミス様？　何をやっているのですか？」

『神様のお仕事ですよ～……って、覗き見なんて失礼でしょ！』

余裕な調子で応えていたが、覗き込みに気づいたら慌ててスマホをしまった。

「ソシャゲ好きなんですか？」

『べべべ別に、ソシャゲなんか好きじゃありません！　ソシャゲに夢中で君を死なせたとか、そんなことはないんだからね！』

アルテミス様は両手を勢いよく振って否定する。ソシャゲに夢中で俺を……。彼女の言葉を聞き、先ほどの叫び声が脳裏に蘇《よみがえ》った。

（ああー、どうしよおお！　ソシャゲに気を取られて魂の管理を怠るなんてええ！　全知全能の可憐な女神かつ絶世の美女たる私としたことがあああ！）

まさか……。

「ソシャゲに夢中で俺を死なせちゃった……とかじゃないですよね？」

『ギクギクギクゥッ！』

目を見開き、顔面から冷や汗が噴き出るアルテミス様。先ほどまでの慈悲にあふれた偉大な女神様のイメージは、ガラガラと崩れ去った。

「アルテミス様、これはどういうことですか」

『どうもこうも、君は不慮の事故で死んでしまったの！　私は何のミスもしていないんだから！』

「正直に話してくれたら、そのボスの攻略法を教えます」

『だ、だから！　ソシャゲに夢中で君を死なせたとかありえないんだからねー！』

□□□

「……話をまとめると、ソシャゲに夢中で俺を死なせてしまったと」

『はい……そうです。本当にすみませんでした……』

正座して謝罪するアルテミス様。ちなみに、スマホは取り上げた。全部話してもらってから返却する約束だ。

「しっかりしてくださいよ。女神様が何やってるんですか」

『弁明させてもらうけど、これは想定外だったの。まさか、五十円のためにわざわざ離れたスーパーに行くなんて思わないでしょ』

「……日本の物価高騰を舐《な》めないでもらいましょうか」

この頃になると丁寧で優秀そうなメッキも剥がれ、中身のポンコツ具合が顔を出していた。

『でもさ、君も人生辛《つら》そうだったじゃん。毎日こき使われて報われることもなく……。懸賞の応募はがきの職業欄にブラック社畜って書いちゃうくらいだしね』

「それはそうですが……」

『いっそのこと、辛い毎日から解放されて清々しいんじゃない？　明日から会社行かなくていいんだよ？』

「そう言われれば、多少の爽快感みたいなものはありますね」

たしかに、もう会社に行かなくて済むと考えたら清々する。アルテミス様はこんなだけど、根は慈悲深い女神様なんだな。

『だったら、まぁ結果オーライというか』

前言撤回。なんだ、この女神。さりげなく自分のミスをなかったことにしようとしているんだが。

『とはいえ？　私も女神だから？　君に補償をすることにしました』

「はぁ……補償ですか……」

あまり期待できない。まさか、ソシャゲの課金石とかじゃないよな。要らないぞ、そんなのは。

『私が管理しているもう一つの世界で、新しい人生をプレゼントしちゃいま～す。魔法がある中世ヨーロッパ風の世界。君も好きでしょ？　しかもチートスキル付きで～す。おまけの加護もつけちゃう！　これぞ異世界転生！　ヒュ～、パチパチパチパチパチ～！』

アルテミス様は口笛を吹き、手を叩きながら言う。清々しいくらいのドヤ顔。ありがたく思えということだろうか。

「新しい人生……っすか。魔法がある世界で……しかもチートスキルっていったい……」

『まぁ、詳しくは転生してからのお楽しみってことで。今回は特別に君の希望も聞いてあげるよ。ほら、遠慮せず言いなさい』

いきなりそんなことを言われてもな。そもそも、俺には生きる希望すらなかった。やりたいことだって。せっかく俺の希望を聞かれているのに、何も思い浮かばない。つくづく俺は薄い人間だ。そう思ったとき、ふとあの母子が思い浮かんだ。

「今度は……誰かに愛されてみたいな……」

気づいたら、ポツリと口にしていた。心のどこかで、他人からの愛を望んでいたのかもしれない。

『ふむ、了解。愛される人生ね。この天才女神ことアルテミス様にかかれば、そんなのはお安い御用さ、ハッハッハッハッハッハッ』

「はぁ……」

『よし、決めた！　君は赤ちゃんに転生させてあげる』

「……赤ちゃん？」

『心配しないで。人間の赤ちゃんだから』

「当たり前でしょうが」

この人がドヤ顔で告げるたび、不安になるのはなぜだろうか。

『君のチートスキルは【神獣マスター】。〝親バカポイント〟を貯めて、〝神獣カタログ〟から好きな神獣を召喚しよー』

「え？　し、【神獣マスター】？　それに親バカポイントって何ですか？」

『だから、新しい両親から親バカレベルで愛されるたびにポイントが貯《た》まるわけ。で、そのポイントを消費すると、神獣カタログに載っている神獣を召喚できるの。……なんで一回で分かんないかなぁ』

「……」

こんなずぼらでいい加減な人が女神様なんて……。ゲームや漫画などで培われた清廉潔白なイメージは、もう微塵《みじん》も残っていない。

『おまけの女神の加護は、〝無条件の寵愛《ちょうあい》〟で～す。周りの人から愛されたい、っていう君の願いを叶《かな》えるのにピッタリだね』

「そんな簡単に貰《もら》えちゃうんですか？」

『だから特別なんだって。転生ボーナスみたいな感じ』

「ふーん」

思ったよりすいすいと事が進むが、案外異世界転生ってこんなものなのかもしれないな。

『まぁ、君の大好きなソシャゲに例えるとリセマラみたいなもんかな』

だから、ソシャゲが大好きなのはあんただろうが。毒づく間もなく、なぜか急激に眠くなってきた。

『言い忘れてたけど、君はシャープルズ家のリオって子どもに生まれ変わるから〜。新しい人生楽しんでね〜』

まるで他人事のように話すアルテミス様の言葉が遠く聞こえる。

――新しい人生……。

本当にそんなものがあるんなら、心の底から楽しんでやる。そう決心しながら、死んだときよりは幾分か穏やかな眠りに落ちていった。

間章：島流し（Side：？？？）

「アーサー・シャープルズ。ロザリンド・シャープルズ。貴様らを〝ヘル・アイランド〟の島主として任命する。荒れ果てた島を開拓せよ。さあ、今すぐ出航の準備をするがいい」

「「……………え？」」

ここはヴィケロニア魔導帝国にある、モンクル・ギャリソン公爵領の屋敷。ワシが言ってやった瞬間、目の前の若造夫婦は絶句した。まるで、告げられた言葉の意味が分からないように。

――ああ～、気持ちいい～。

歯向かってきた人間を苦しめるのは大変に気分がいい。まさしく、生を実感する瞬間だ。

「お、お言葉ですが、モンクル公爵。妻は妊娠しています。とてもヘル・アイランドの島主を遂行できるような体調ではありません……！」

「ふんっ……」

金髪赤目のムカつく優男がすがりつくように言う。こいつはアーサー・シャープルズ。二十二歳になったばかりだが、生意気にもシャープルズ子爵家の当主だ。端正な顔立ちと穏やかな心の持ち主……などと評判がいい。だが、ワシは視界に入れるたびストレスを溜《た》めていた。

「そ、そうでございますわ、モンクル公爵。せめて、この子が生まれてからにしていただけないでしょうか……！」

「へんっ……」

アーサーの隣にいた女もまた懇願する。ロザリンド・シャープルズ。年は十八歳。濃いネイビーの髪はサラサラで今にも撫《な》で回したく、輝く碧眼《へきがん》は間近で心ゆくまで眺めたい。まさしく、絶世の美女だ。

「お願いいたします……モンクル公爵……！　どうか子どもを、安心できる環境で産ませてください！」

夫婦揃《そろ》って嘆願する。知るか、そんなの。そもそもお前たちの子はワシの子ではない。

「黙れ。これは決定事項だ。いかなる事由があろうとも覆ることはない」

「そ、そんな……」

シャープルズ若造夫妻は俯《うつむ》く。こいつらは政略結婚だ。だから、ロザリンドを望まぬ婚約から救い出そうとしてやったのに、あろうことかこの女はワシの誘いを断りおった。ロザリンドを守ったアーサーは英雄気取りだ。

……許せん。今思い出しても腹が立つ。こんなガキより成熟したワシの方が魅力的だろうが。

ワシは今六十歳だが、未だ独身を貫いている。モテないのではない。釣り合う女が一人もいなかったからだ。どうして、ロザリンドはワシのような孤高を極める男の価値が理解できんのだ。

「さあ、早くしないと船旅の間に産気づいてしまうぞ。それにしても、ヘル・アイランドでの育児は子の教育に悪影響を及ぼすだろうなぁぁぁぁ。君もそう思うだろぉぉぉお、アァァァァサァァァァくぅぅぅん？」

「……」

アーサーとロザリンドは辛そうに顔を見合わせる。こいつらは子爵家だ。公爵であるワシに逆らえるはずもない。

ヘル・アイランド——通称、地獄の島。

港から船で十日はかかる絶海の孤島。ギャリソン領の端の端にある。劣悪な土壌、不安定な気候……。島はおろか、周辺海域の環境も最低極まりないので、ずっとほったらかしにしていた。

ただの邪魔な島だと思っていたが、まさかこんな使い方があるとはな。領地が広いのはよいことだ。アーサーがおずおずと口を開く。

「モンクル公爵……恐れながらお尋ねしたいのですが、ヘル・アイランドを二人だけで開拓するのは現実的では……」

「貴様らの使用人を連れて行けばいいだろうが。わがままを言うでない」

吐き捨てるように言うと、アーサーは暗い顔で下を向いた。ロザリンドがその背中を優しく撫でる。こいつらの仲睦まじさは見ているだけでイライラするな。

「アァアァサァアァアァくぅぅぅん、いつまでそこに跪《ひざまず》いているつもりかねぇぇぇぇ？　ワシは忙・し・い・んだ。君たちにこれ以上時間は使えないのだがぁぁぁあ？」

「……申し訳ございません……失礼いたします」

アーサーとロザリンドは呟《つぶや》くように言い、部屋をあとにする。疲れ切った二人を見送るのは最高の気分だ。

ワシが彼らに課したのは、言わば〝私刑による島流し〟。正当な理由がなければ許されることではないが、ヴィケロニア皇帝はここ最近ずっと体調を崩している。代わりに第一皇女が公務を担っているが、今はいない。自らが団長を務める空挺騎士団《くうていきしだん》を率いて大国を視察中なのだ。今が〝私刑による島流し〟を行う絶好のチャンスだった。

窓の外を見ると、ちょうど二人の姿が見えた。アーサーがロザリンドの肩を抱え、ゆっくりと屋敷の門へ進む。若造夫婦の背中からは疲労感が色濃く滲《にじ》んでいた。

──……ああ～、気持ちいい～。

ざまぁ見ろ、シャープルズ家め。子とともに寂しく人生を終えろ。このワシの誘いを断った罰を噛《か》みしめるがいい。

第二章：家族と初めてのチートスキル

「ふぁ……あぎゃぁぁ……！」

誰かの泣き声で意識が戻った。目の前は真っ暗だが、たぶん赤ちゃんだ。ぁぁぁ……！　と健気に泣いている。本当に異世界に転生したのかな？　アルテミス様のことだ。どうしても信用ならん。早く確かめよう。

立ち上がろうとしても、なぜかうまくいかなかった。おまけに、さっきから目が開かない。な、なんだ？

「う……生まれた……！　生まれたよ、ロザリンド！　元気な男の子だ！　ロザリンド、僕たちの子どもだよ！」

「よく頑張ったね！　あんたは立派な母親だよ！　ほら、抱いてやりな！　お母さんだって教えてやるのさ！　あたしはちょっと産湯を用意してくるからね！」

「この子が……私たちの子ども。……ああ、なんて可愛いのかしら……天使みたい」

身体が浮かぶ感覚があり、柔らかい腕（だろうな）に抱かれた。目に力を入れると、ぐぐぐ……と開けることができた。真上には紺色の長い髪に碧眼の若い美女。碧《みどり》の目がサファイアのようだ。女性の右には金髪赤目の若いイケメンがいる。二人とも鼻筋が通っていて、漫画のキャラみたいな美男美女だった。女性は汗だくだし、産湯と言っていたおばさんの声もあったし、本当に出産直後なのかもしれない。

「アーサー、この子の名前はどうしましょうか」

「相談していた通り、リオにしよう。リオ・シャープルズ。僕たちの子どもにピッタリの名前じゃないか」

「ええ、そうね。私もリオがいいわ。よい名前……」

男女は優しく微笑みながらこちらを見る。二人が告げた名前に、俺は聞き覚えがあった。

（言い忘れてたけど、君はシャープルズ家のリオって子どもに生まれ変わるから〜）

新しい人生楽しんでね〜、という他人事な声音とともに思い出される。

——そうか、この人たちが俺の両親か……。

二人とも、前世の親からは想像もつかない優しげな瞳だ。視界の隅っこに捉えるような感じではなく、正面からしっかりと見つめてくれていた。それだけで心がじわじわと温かくなる。

父母は俺の頬をつつきながら、優しく語った。

「頬っぺがぷにぷにじゃないか。なんて柔らかいんだ。この感触の枕があったら、人類から不眠症は消えてしまうな」

「金髪はアーサーの遺伝ね。まるで黄金みたい。こんなに美しいのだから、髪の毛一本で金の延べ棒と交換できるわ。最低でも三本と」

「碧眼はロザリンドから受け継いだんだね。この子の前じゃ、世の中のサファイアは石ころ同然だ。いや、ルビーもダイヤも石ころだな」

少々親バカが過ぎるような気もするが、愛されているのは間違いない。喜びを伝えたかったが、あいにくと泣くことしかできなかった。

「ぷぁぁ～（パパママしゅき～）！」

「「きゃんわい～！」」

途端に目尻がデレンデレンに下がる父母。頬をぷにぷにぷにぷにぷにぷにぷにぷに触られていると、中年の女性が入ってきた。先ほど産湯を用意すると言った人かな。お団子にキュッとまとめた茶色の髪に、鳶色《とびいろ》の瞳。視線はキリッとしており、それこそ猛禽類《もうきんるい》みたいに鋭い。厳しいメイド長みたいな雰囲気だ。なんとなく、俺とは相性が悪い気がする。

父母はデレデレのまま、中年女性に話しかけた。

「この子の名前はリオに決まったよ、キーラ。世界一可愛い赤ちゃんさ。……いや、間違えた。人類史上最高に可愛い赤ちゃんだ」

「黄金の髪とサファイアの瞳を持つ子どもなの。私、こんなに可愛い赤ちゃんは初めて見たわ。神様に連れ去られちゃったらどうしましょう」

「名前が決まってホッとしたよ。下手したら、あんたらは死ぬまでこの子の名前を悩んでそうだったからね」

キーラと呼ばれた女性は、テキパキと産湯の準備を進める。俺の誕生が嬉しくないわけではないらしいが、相変わらず表情がキツい。

「ほら、アーサーどいてくれ。産湯に入れるからね」

「ま、待ってくれないか、キーラ。もうちょっとリオを愛でさせてほしいんだ」

「お願い、悲しいことを言わないで。リオが離れたら半身がなくなったような気持ちになってしまうわ」

「わがまま言わないよ」

キーラさんは、母の手から俺を取り上げる。たぶん、この人は産婆かな。素人目で見ても、大変に慣れた所作だ。俺を持つ力加減だってちょうどいい。ある意味安心はするものの、赤子だからか急激に寂しくなった。

「ぁぁぁ～（まだパパママといっしょにいるの～）！」

「わがまま言わないよ」

父母に言ったのと同じセリフを言われ、少々乱雑にざぶっと産湯へ入れられた。でも乱雑だったのはそこまでで、後は丁寧に丁寧に洗ってくれる。お湯を手で掬《すく》い、そっと俺にかける。

自分で風呂に入っているのとは全然違う心地よさで、自然と嬉しくなった。

「きゃきゃきゃっ（きもちぃ～）」

「「わわわ笑った！　キーラ、リオが笑った！」」

「人間だから笑うに決まってるだろ。大げさだね、あんたらは」

キーラさんは呆《あき》れていたが、父母は反比例するように喜ぶ。

「ロザリンド！　女神様に感謝しよう！　これもきっと、アルテミス様のご加護のおかげだ！」

「そうね！　絶対に女神様のおかげよ！　さあ、祈りましょう、アーサー！」

「アルテミス様、心より感謝いたします！　あなた様のおかげで僕たちは最高の宝物に出会えました！」

「女神様、心の底から感謝申し上げます！　私たちはこれからもずっとお慕いいたします！　どうか、この子に引き続きご加護を！」

父母は天に向かって祈る。きっと、アルテミス様はこの瞬間もソシャゲに夢中だと思う。無論、赤子の身でそんなことは伝えられないが、何はともあれ、俺の新しい人生が始まった。

□□□

「リオは今日も可愛いなぁ～。マシュマロほっぺがつるんつるんだね。手に吸いつくようだ」

「撫でれば撫でるほど撫でたくなっちゃう。リオを撫でてると私の手までキレイになる気がするわ」

「「では…………撫で撫で撫で撫で撫で！」」

激しい雨が窓を打ち付ける中、右からは父ことアーサーが、左からは母ことロザリンドが俺の頬を撫でまくる。やすりのような勢いで、頬が削れる感覚にまで陥った。今日に限ったことではない。いつの間にか、毎朝の日課になってしまった。

「ぁぷぅ～（パパママ、ちょっといたい～）！」

「そんなに撫で回すと擦り切れてなくなるよ」

キーラさんのキツい声で、父母がしょんぼりするまでがワンセットだ。

俺が転生してから、あっという間に半年が経った。相変わらず乳房が恋しい毎日だが、この頃になると俺を取り巻く環境が分かってきた。

俺が誕生したのは、巨大な大陸の東を占めるヴィケロニア魔導帝国という魔法で発展した帝国。と言っても、実際に住んでいるのは大陸から離れに離れたヘル・アイランドという絶海の孤島だ。どうして、そんなところで生まれたかというと……。

「まさか、あんたらがモンクルに島流しを命じられるなんてね。あたしも面会にいけばよかったと、今でも後悔しているよ。そうすりゃ、あのムカつく〝文句の公爵〟の鼻っ柱をぶん殴れたのに」

キーラさんがため息をつきながら言う。彼女の拳が力強く震えているのを見て、父は顔が引きつっていた。俺の予想通り産婆だったわけだが、キーラさんは気も力も強いのだ。

「殴るとまずいから君は呼ばなかったんだよ……」

「ねえ、二人とも。その話はリオの前ではやめない？　向こうの部屋で話しましょう」

「ごめん、ロザリンド。そうだったな。リオにこんな話は聞かせられないよ」

父母は俺をベビーベッドに乗せ、隣の部屋に行く。我が子の前で、暗い話題は避けてくれているのだ。それでも、扉の隙間からいくらか事情を漏れ聞いてしまった。我が家はそれほど広くないので、離れていても会話が聞こえるのだ。どうやら、シャープルズ家は帝国の大貴族から嫌がらせを受けているらしい。

主謀者はモンクル・ギャリソン公爵（六十歳、独身男性）。事の原因は、美人の母——ロザリンドを父から奪おうとしたこと。すでに両者の結婚は決まっていたし、さらに自他共に認める相思相愛だったのに、権力を使って割り込んできたようだ。父アーサーが無事に守ったが（父カッコいい）、モンクル公爵の恨みを買ってしまった。

結果、シャープルズ家はヘル・アイランドというド辺境甚だしい孤島に、文字通り島流しになったのだ。俺は貴族事情には疎いものの、公爵は貴族の中で一番偉いということは知っている。

反面、シャープルズ家は子爵。言いなりになるしかないのだと、容易に想像がつく。十分ほどで話は終わり、父母とキーラさんが戻ってきた。父母の表情は少し暗いから、やっぱりモンクル公爵の話題は疲れるのだろう。

「さあ、リオを愛でて回復しようじゃないか。……ああ、同じ空間にいるだけで心が満たされていく……」

「可愛すぎて食べちゃいたい……。でも、食べたらリオがいなくなっちゃうわね。どうしたらいいの？」

「食べなきゃいいんだよ」

キーラさんは呆れたように言うが、父母はデレデレと笑う。この半年で感じているのは、周囲の人からの寵愛だ。もちろん、キーラさんだって口は悪いが俺を愛してくれている。しかも、俺を愛してくれるのは三人だけじゃなく……。

「アーサー様、ロザリンド様！　リオ様を見せてくださいませ！　私の一日の始まりはリオ様の観賞と決まっているのです！」

「リオ様を見ないと仕事が始められません！　くぅぅ〜、この愛らしい瞳と頬っぺたがたまらん！」

「ああ、今日もなんて可愛いのでしょうか！　この子を見たら赤ちゃんの定義が変わってしまいますね！」

ドドドドッと島民たちが流れ込む。彼らは元シャープルズ家の使用人。総勢十五人ほど。二十歳前後から、四十歳くらいの男女の面々だ。父母が島流しされたとき、優しくもついてきてくれた。彼らは毎朝の仕事前、必ず俺を愛でに訪れる。

今日だって激しい雨なのに、彼らにとっては大したことはないようだ。互いに思いつく限りの褒め言葉を言い、室内は明るい空気に包まれる。そして、父母はこの瞬間、大変に得意気な顔となるのであった。

「ほら、そんなに目が血走っているんじゃリオ童《どう》も怖がるよ。それくらいで十分だろう、さっさと仕事を始めておくれ」

「「そんなぁ……」」

島民たちはしょぼしょぼと部屋から出て行く。可哀想ではあるが、俺にはどうにもできなかった。

「な、なあ、キーラ。もうちょっとみんなにもリオを可愛がってもらおうじゃないか。僕たちだけで一人占めするなんて、申し訳なくてしょうがないよ」

「ええ、アーサーの言う通りだわ。私たちはもっとリオの可愛さをみんなに伝えたいの」

「あんたらはリオ童を自慢したいだけだろ」

厳しめに言われ、父母もまたしゅん……となる。さすがのキーラさんもいたたまれなくなったのか、すぐにフォローの言葉を挟んでくれた。

「まぁ、リオ童の存在がこの島の希望になっているのは事実だけどね。リオ童がいなきゃ、あたしらは暗くて辛い毎日を送っていたと思うよ」

「やっぱり、キーラもそう思うだろう。まさしく、リオは僕たちの希望さ！　この小さな体には元気がいっぱいなんだ！　だから、元気のない人はリオを見れば元気になるはずで……」

「でも、リオが離れるのは嫌だから、私たちは常に一緒にいたいのだけど……」

父母は生き返ったように親バカを炸裂《さくれつ》する。俺がいなければ暗い毎日……というのは、この島の環境が関係している。ヘル・アイランドは大変に劣悪な島だった。貧相な作物しか育たない畑、いつも荒れている海、不安定な天候……。数え上げるとキリがない。こんな場所に島流しするなんて、会ったこともないモンクル公爵に俺は強い憤りを感じていた。

こういうときこそ、アルテミス様に貰ったチートスキルでどうにかしたいのだが、実際のところまだ使えていない。生まれたばかりの赤子だからか、ずっと精神的に不安定だったのだ。我慢したくても夜泣きをしたり、父母から少しでも離れると怖くなったり、ベッドから落ちそうになったりと、色々と迷惑をかけてしまった。

「……アーサー様、ロザリンド様。少々よろしいでしょうか」

父母の親バカがスタンピードの如く勢いを増していると、扉が控えめにノックされた。ホッとした様子のキーラさんが扉を開ける。灰色の髪をオールバックにした初老の男性が入ってきた。

「おはよう、ゼノス。君もリオを見に来たのかい？　さあ、存分に堪能してくれ」

「今日も一段と可愛いわよ。この子もゼノスに会いたかったみたい」

「おはようございます、リオ様。本日も元気そうで何よりでございます」

ゼノスと呼ばれた男性は、俺の指を握る。このおじさんはゼノス。シャープルズ家の元執事長で、今は島民たちのリーダーだ。ただの作業着でさえピシッと着ており、漫画に出てくるようなイケオジだった。

ゼノスさんの挨拶が終わると、父母はデレ顔から真面目な表情になる。島の話をするときは、さすがに当主とその夫人の顔になった。

「ゼノス、嵐の様子はどうだ？」

「それが収まる気配がありません。畑の作物もただでさえ育ちが悪いのに、このままじゃ完全にダメになりそうです。食料の備蓄も少しずつ減っております」

「天候が悪いとどうにもならないわね……」

「待つしかできないなんて、あたしも頭が痛いよ」

四人はそろってため息をつく。ここ二週間ほど、島は大きな嵐に見舞われていた。地理的に、この辺りは雲が停滞しやすいようだ。海は荒れて危険なので漁には出れず、貧相な畑はさらに弱るばかり。ヘル・アイランドは、食料の危機という死活問題にぶち当たっていた。父母は顎に手を当て何やらしばらく考えていたが、やがてゼノスさんとキーラさんに命じた。

「島の地図と周辺の海図を持ってきてくれ」

「ここに来てからの天気の記録もお願いね」

ゼノスさんたちが言われた資料を持ってくる。テーブルに広げられるのは、島の詳細な地図と、周辺海域の海図。赤ちゃんの目で見ても、コンピューターで描いたんじゃないかと思うくらい精細だ。この二つは……なんと父が描いた。ヘル・アイランドに飛ばされることが決まってから、必死に海や地理の勉強を積んだらしい。生まれてくる我が子とついてきてくれる妻、使用人たちのために、懸命な努力を重ねたそうだ。

さらに続けて置かれるのは何冊もの分厚い本。ヘル・アイランドの天候の記録だ。島の天候の記録をつけるのは、母の案。天気は人々の生活に大きく影響することをきちんと理解していた。しかも、今日は晴れ……みたいな曖昧な書き方ではなく、三時間ごとの天気と風向きを記録し、特殊な現象があったら自分でスケッチまで描いて記録に残す徹底ぶりだ。おかげで、半年間の膨大な記録が集まった。

父母は資料を見ながら思案を巡らす。何も親バカするばかりではない。子爵家と男爵家の出身として、高度な教育を受けてきたことが分かる。二人は頼りがいのある両親だ。俺は素直に尊敬していた。

「……海図や記録から考えると、最低でもあと二週間は嵐の可能性があるな。僕に天候操作魔法が使えないのが悔しいよ」

「それを言うなら私もだわ。せめて、強力な風魔法でも使えたら違うのでしょうけど」

「ただ待つしかないのでしょうか……」

「何もできないってのは腹立たしいね」

四人はため息をつくばかり。その光景を見て、俺は強く決心した。

――今こそ……チートスキルを使うときだ。

半年も経ったので、精神的にも成長した。父母やキーラさん、ゼノスさん、そして島民たちのために、俺はできることを精一杯やる！　強く決心したものの……また別の問題が浮上する。どうやって発動させればいいんだろうか？　スキルの使い方なんて教えてもらってないんだが。

「ここはやはり、アルテミス様に祈るしかなさそうだな」

「そうね。みんなで女神様にお祈りしましょう」

「『我らが女神――アルテミスよ。この地に安寧と平穏をもたらしたまえ……』」

父母たちは跪いて祈りを捧《ささ》げる。何はともあれ、まずは思いっきり叫んでみよう。アルテミス様は役に立たないだろうしな。

「うぁぁぁ～！（【神獣マスター】はつどう～）！」

力の限り叫んでみると、空中に大きな（赤子にとっては）本が出現した。白地に金色の装飾。タイトルには子どものような字で〝神獣カタログ〟と書かれている。

そうか……これがアルテミス様の言っていたカタログ……。王宮に保管されているかのような、貴重な本を思わせる。表紙には犬やら猫やら狼《おおかみ》やら……多種多様な生き物が描かれていた。でも、西洋絵画のような写実的な絵ではなく、アニメのようなイラストだ。子ども向けの絵本みたいだな。

「……え？」

心の中で分析していると、父母たちの声が聞こえ我に返った。みんな、目を点にして俺を見る。

「リ、リオ、その本はなんだ……？」

「い、いつの間にそんな物が出てきたの……」

「ふ、ふわふわと浮かんでいます……」

「ま、まるでリオを食べようとしているじゃないか……」

これはチートスキルで……と言おうとするも、呂律《ろれつ》がうまく回らない。

「「もしかして……子どもを食べる本⁉」」

「ぇぇぇっ⁉」

「何事ですか！　アーサー様、ロザリンド様！　……リオ様の上に見知らぬ本が！」

父母たちは悲鳴を上げ、島民たちが大集合する。彼らは神獣カタログを見ては俺が襲われると叫び、屋敷中を走り回る。とんでもない大騒ぎになってしまった。

「ぱぁぁぁ〜（大丈夫だから気にしないで〜）！　たぁぁ〜ん（これはチートスキルなの〜）！」

懸命に訴えるも、呂律が回らず説明できない。しきりに手を振りまわしていると、父が何かに気づいたように呟いた。

「もしかして………これはスキルじゃないか⁉」

「たぁんっ！（そうっ！）」

さすがは我らが大黒柱――アーサー・シャープルズ。そこに気づくとは素晴らしい。

「ということは………この子は生まれつきスキルが使えるんじゃないの⁉」

「あぁ～あ（そうっ）！」

今度は、母がいいところに気がついた。さすがはシャープルズ家のもう一つの大黒柱。

「つまり、リオは天才だったんだ！」

「この子は神様に選ばれた子どもなのよ！」

「うおおおお！　リオ様――！」

先ほどまでの騒ぎはどこへやら、一同大歓喜（キーラさん以外）。祭りのごとき歓声は、赤子でもやはり恥ずかしくなる。そう言えば、アルテミス様は親バカポイントがどうとか言っていたっけ。どんなスキルだろうと考えたら、頭の中に文章が浮かんできた。


【神獣マスター】
○説明：親バカポイントを消費することで、神獣カタログの神獣を召喚できます。強い神獣ほど、ポイントを多く消費します。
○現在の親バカポイント：１０００ｐｔ（転生時特典ボーナス）。
○補足１：一度スキルを発動しないと、親バカポイントは貯まりません。

○補足２：神獣を召喚するたび、リオ・シャープルズは少しずつ発育（特に言葉）が促進します。

ふむ……概ね説明通りというわけか（疑ってたの！　というアルテミス様の声が聞こえた気がするが、きっと気のせいだ）。半年分の親バカポイントが貯まっていないのはもったいないけど仕方がないな。中が見たいな……と思うと、神獣カタログは勝手に開いた。カタログという名前の通り、神獣の可愛いイラストがたくさん載っている。全体的に対象年齢低めなのは解せないが、赤ちゃんなのでしょうがないだろう。父母やキーラさんたちの興奮は徐々に収まり、みんな興味深そうにカタログを見ていた。

「まさか、生まれたばかりでスキルを発現するなんて……さすがは僕たちの子どもだ」
「ええ、私も誇らしくてしょうがないわ。親になくても子どもに出ることがあるのね」

スキルとは、魔法にはない特別な力を発揮する能力のことを言うようだ。基本的に成人（この世界では十六歳）するまでに出る。魔法は修練で極められるが、スキルはそうはいかない。生まれ持った力なので、その人にしか使えないとされている。

おまけに、発現するかは運だ。だから、スキル持ちはみんなから羨ましがられるらしい。俺にスキルがあると知り、ゼノスさんもキーラさんも感心した。

「さすがは、いずれシャープルズ家を率いるお子様でございますね。この年でスキルを使うなんて」

「アーサーたちの親バカが炸裂しないか心配だけどね」

何はともあれ、カタログをチェックしよう。嵐をコントロールできる神獣とかいるのかな。

心の中で思っていると、また勝手にページがめくられ、狼みたいなイラストが出てきた。

【おてんきのフェンリル：ジルヴァラ】

とくべつなちから：おてんきをあやつる

しょうひポイント：１０００ｐｔ

せいかく：おねえさんみたいでしっかりもの

美しい銀色の毛並みに、金色の涼しげな瞳。まさしく、伝説に聞くフェンリルそのものだ。

天気を操れるらしい。ポイントと合わせて、ちょうどよい神獣が見つかった。召喚するときも叫べばいいのかな？

「ぱぁ〜ん！（いでよ、ジルヴァラ〜）！」

「「うわっ！　まぶしっ！」」

カタログから白い光が煌《きら》めく。眩しさに、俺たちは思わず目を瞑《つむ》った。数秒で光は弱くなり、少しずつ明るさが戻る。そして、目の前には……。

『初めまして、リオちゃん。こんな可愛いマスターで私も嬉しいわ』

「ぁぁぅ〜！（もふもふだぁ〜）！」

フェンリルがいた。イラストと同じ輝く銀色の毛に、金色の瞳の狼。絵で見るより大きくて、二メートルくらいはありそうだ。神々しい姿に、誰もが息を呑《の》む。

「「フェ、フェンリル……!? どうして、伝説のフェンリルが……」」

『リオちゃんがスキルで召喚してくれたのよ。私はジルヴァラって言うわ。よろしくね。みんな嵐に困っているのよね。私は天気を操れる力があるから、嵐も静めることができるわ』

「「へ、へぇ〜……」」

「たぁっ〜ぁぁぁ（チートスキルすご〜い）」

ジルヴァラに敵意がないことが分かると、父母たちも安心した。元から魔法がある世界だからか、このような状況にも適応力があるのかもしれない。カタログを見ると、ジルヴァラの絵は消えていた。召喚するとカタログからはいなくなるようだ。

「ぅぅ〜ぁ〜！（ジルヴァラ〜、あらしをしずめて〜）！」

『ええ、もちろんよ、リオちゃん。すぐにこの嵐を静めてあげるからね』

そう言うと、ジルヴァラは外に出た。彼女に続いて、俺たちも出る。途端に、横殴りの激しい雨が顔を濡《ぬ》らした。一面の雨空。もう二週間も太陽を見ていない。風も力強く吹き、相変わらず厳しい嵐だ。俺を悪天候から守るように抱いた母が呟く。

「本当にこの嵐を静められるのかしら……」

「大丈夫さ、リオを信じよう」

ジルヴァラは俺たちから少し離れると、遠吠《とおぼ》えするように空を向いた。

『我は天を司る神獣なり。神より授かりし力にて、今ここに命ずる。嵐よ静まりたまえ……！』

ジルヴァラの体から銀色の光が空に向かって放たれる。吸い込まれるように雲の中に入った瞬間、全ての雨雲を吹き飛ばしてしまった。一面に広がる青い空。嵐は収まるどころか、完全に消え去った。

「あ、嵐が……消えた……？」

「と、とても、信じられないわ……。あんなに激しい嵐が一瞬で……」

「これじゃあ、まるで奇跡じゃないさね……」

父母とキーラさんは、あぜんとした様子で呟く。島民たちもあっけに取られていたが、次の瞬間には大歓声が島に轟いた。

「う……うおおおお！　嵐が収まったぞおお！　リオ様は……リオ様は〝大神童〟だったんだー！」

二週間ぶりの太陽に、この場の誰もが喜んだ。ジルヴァラは近くに来ると、俺の頬に鼻を擦りつける。

『こんな感じでいいかしら、リオちゃん？』

「ぅ～あ！（ありがとう）！」

鼻を撫でると嬉しそうに笑った。しかし、なんだか父母が静かだな。と、思ったら、抱っこしていた母がキーラさんに俺を渡す。

「キーラ、リオを持ってて」

「あ、ああ」

どうしたんだろう。キーラさんも訝《いぶか》しげに父母を眺める。

「「リオ……すごすぎ……」」

呟くように言うと、耐えかねたように父母は倒れた。

「アーサー様⁉　ロザリンド様⁉」

「ちょっと、大丈夫かい⁉」

「リオ……てんさい……ふぇへへへ……」

締まりのない笑みで虚空を見つめる父母。焦点が合っていないのが気になるが、たぶん大事ないと思う。

「……まったく、親バカもいいところだよ。さぁ、冷たい水を持ってきておくれ。あとタオルもね」

呆れた様子のキーラさんが指示し、水やらタオルやらが運び込まれる。また別の騒ぎが生まれたが、無事に嵐を収めることができた。

□□□

『リオちゃん、今日は海を見に行きましょうか。潮風に当たるのは健康にもいいわよ』

「あ～ん、と～（ありがと～）」

「リオとジルヴァラは本当に仲がいいな」

「まるで本当の姉弟みたい」

「まさか、ジルヴァラにも親バカ炸裂するんじゃないだろうね」

嵐が収まってから一週間ほど。俺は父母やキーラさんと一緒に、ジルヴァラと散歩するのが日課になった。ジルヴァラの背中に乗り、ゆらゆらと揺れる。父母の抱っことは視線が異なり、俺にとってもとても楽しい時間だった。

『大丈夫？　リオちゃん、怖くない？　私の背中にしっかり掴《つか》まっているのよ』

「ぅ～ぁん！（うん！）」

ジルヴァラは、すっかり俺のお姉さんポジションになってしまった。彼女の毛をしっかり掴んで体勢を維持する。見た目通り、大変にもふもふだ。以前よりちょっと筋力が増し、ちょっと呂律も回るようになった……気がする。スキルの説明にもあったように、発育が少しずつ進んでいるのだろう。と言っても、まだ一人で歩くのは無理なので、いつも父母かジルヴァラと一緒だ。

シャープルズ家を出てから五分ほど歩くと、畑のスペースに出てきた。すでに五人ほどの島民が鍬《くわ》や鋤《すき》で耕している。俺たちに気づくと笑顔で手を振ってくれた。

「リオ様、おはようございます。ジルヴァラさんもご機嫌ですね」

「お二人は本当にお似合いでございます」

「今日もシャープルズ家のために頑張りますよ～」

ヘル・アイランドの大きさはまだ詳しく分からないが、全周は徒歩で三時間ほど、居住区域は三十分もあれば一周できると聞いた。シャープルズ家があるのは、天然の港の近く。草原のように地面が開けた場所があり、島民たちの家もその一帯にある。

島の中央には巨大な山がそびえており、頂上からはときたま白い噴煙が噴き出す。活火山かもしれない。山の麓から続く平らな大地で、野菜や果物を育てていた。天候が回復したので、畑の作物も久しぶりの太陽が嬉しそうだ。

でも、そのほとんどが萎《しな》びている。野菜ゾーンにはキュウリ、えんどう豆、トマト……など。果物ゾーンにはスイカやブルーベリー……などなど。植物の中には島に自生していた物もあるが、シャープルズ家から持ってきた苗や種を育てた種類もあった。多種多様な野菜や果物が植わってはいる。しかし、環境が悪いためかどれもしおしおだ。父母とキーラさんは暗い顔で手に取る。

「嵐には耐えてくれたが……やはり、育ちが悪いな。太陽が出たら少しは変わるかと期待していたのだが……」

「きっと、土の栄養がないのよ。触ってみてもボソボソだし」

「耕しても耕してもよくならないねぇ。ほんとにこの島の土はどうなっているんだい」

三人がため息をつくと、島民たちも首をうなだれる。あまりにも育ちが悪い畑なので、みんなは諦めを込めて〝ヘル・フィールド〟と呼んでいた。父母は土を触りながら相談する。

「今度は島の中央付近にある土を使ってみようか。木がたくさん生えている場所は栄養も豊富だと思うんだ」

「肥料の作り方も変えてみましょう。ついでに枯れ葉や枯れ枝を集めれば効率がいいわ」

父母が真剣に話していると、島民たちも集まった。

「申し訳ありません、アーサー様、ロザリンド様。私たちも努力を重ねているのですが……」

「いやいや、君たちのせいだと言ったわけじゃないんだ！　みんなは本当によく頑張ってくれているよ！」

「そうよ！　お願いだからそんなことは言わないで！」

「あんたらの努力はアーサー様たちも知っているよ」

シャープルズ家がヘル・アイランドに来てから、土壌の改善は大きな課題だった。絶海の孤島なので、食料の確保は海か島に限られている。父母やキーラさん、ゼノスさんが主導となって開拓に励んでいるものの、未だ大きな成果はないのだ。

「じぃるぅ～……は、ちゅちでぇ～え？（ジルヴァラは土強くできないの）？」

『ごめんね、リオちゃん。私は天気を操ることしかできないのよ。私が土を耕しても、大した効果はないわ』

「ぁぁ～……（そうなの～……）」

『作物が育ちやすい天候にすることはできるけど、土壌改善の方が先でしょうね』

俺は農業には詳しくないが、土がダメだったら育つ物も育たないと思う。みんなで畑の様子を確認していると、山の方角からゼノスさんが歩いてきた。

「アーサー様、ロザリンド様、ちょっとよろしいでしょうか。……おや、リオ様とジルヴァラ様もご一緒でしたか。今日もお元気そうで何よりでございます」

「あたしもいるよ」

「存じ上げております」

ゼノスさんは父母に命じられ、島の様子を調べに行っていた。地滑りや土砂崩れが発生していないかの確認だ。なにせ、二週間も嵐が停滞していたからな。

「ゼノス、島の状態はどうだった？」

「ええ、アーサー様の危惧されていた通り、各地で土砂崩れの痕跡が見られました。嵐の影響は予想以上に大きかったと考えられます」

「怖いわねぇ。当分、島の奥地には行けないわ。みんなにも土砂崩れの場所を教えておいて」

「土や枯れ葉の採取も延期しよう。島民の安全の方が大事だ」

どうやら、ヘル・アイランドの土壌は痩せているだけじゃなく、全体的に弱いようだ。今回のような長雨が続くと、土砂崩れや地滑りがよく発生した。家々が並ぶ沿岸部はまだマシだが、特に中心部へ行くほど顕著だった。だから、島民の行動範囲もだいぶ限られてしまっている。

「僕らの住んでいる場所はまだ安全だけど、ずっと安心できる保証はどこにもないからね。地盤の問題も解決しないと。……どうしたもんかな」

「島の植物たちは根が浅い可能性もあるわね。土壌の表層部だけ固まってしまうと土砂崩れが起きやすいもの」

ヘル・アイランドはいつも劣悪な環境だし、また日々の暮らしを送るだけで大変なので、全体像を掴むだけでも時間がかかってしまうのだ。

「せめて今年中には生活を安定させたいな。……すまない、みんな。もう少しの辛抱だ」

「島民のみんなにも迷惑をかけてばかりでごめんなさいね」

「私どものことはどうかお気になさらないでください」

「そうさ。あんたらはリオをしっかり育てていればいいのさ」

ヘル・アイランドは、前世の世界と比べても類を見ないほど劣悪な環境だ。そんな状況でも、父母たちは懸命に生きている。彼らを思うと自然と顔が強張った。ふと、足をツンツンされる感覚があり下を向く。ジルヴァラが鼻で俺の足をつついていた。

『……リオちゃん、私たちを頼って。リオちゃんのためなら何でもするから』

「じぃる（ジルヴァラ）……」

……そうだ。悩んでいてもしょうがない。また神獣に助けてもらおう。俺の力は家族と大事な人たちを助けるためにあるのだから。

「ぱぁ～、まぁ～！　ぃ～て！　りぃぉ、ちゅきぃぅでぁ～ぁう！（パパ、ママ！　聞いて！リオのスキルで解決するから！）」

思い切って言ったものの、呂律が回らない。うまく伝わっただろうか。心配していたら、母と父は感銘を受けたように叫んだ。

「アーサー！　リオがスーパーハイパーウルトラスキルで解決してくれるって！」

「なんだって!?　あの神に選ばれた超究極最強スキルで!?」

「スキルでいいだろ。豪華な飾りがごてごてについてるよ」

俺たちのやり取りを聞いて、ゼノスさんが感心したように言う。

「お二人とも、よくリオ様の言葉がお分かりになりますね。私にはそこまで詳しくはとても……」

たしかに、それは俺も思った。まだ言葉足らずなのだが、父母は俺の言うことをよく理解してくれる。二人は言葉の裏が読めるのだろうか。だとしたら、前世のことは話さないようにしなきゃ……。そう思っていたら、父母は真剣な表情になった。

「もちろん、分かるよ」

「なぜなら、私たちは……」

「私たちは……？」

そこで言葉が止まり、辺りを静寂が包む。な、なんだ？　もしかして、結構重大な事案なのか？　ゴクリと唾を飲んだ瞬間、父母は明るい声で叫んだ。

「「リオの両親だから！」」

「おおお～！」

「みんな知ってるよ」

ゼノスさんだけ拍手。親バカ事案でホッとした。バレないように一息つき、神獣カタログを具現化する。どうやら念じるだけで現れるようで、だいぶ扱いにも慣れてきた。

「どぉんのしぃんがいいなぁ（どの神獣さんがいいかなぁ）？」

『私のおすすめの子がいるわ』

前回は勝手にページが開かれたが、今度はジルヴァラがめくってくれた。人間みたいに、器用に前足で紙をめくる。ジルヴァラの数ページ後ろに、その神獣は描かれていた。

【ほりほりモグラ：タルパ】

とくべつなちから：つちをじょうぶにする
しょうひポイント：８００ｐｔ
せいかく：がんばりやさんでげんき

地面からちょこっと顔を出したモグラ。茶色くて丸っこい頭に尖《とが》った鼻。キリッとした黒目が可愛い。手の爪だけは、頑丈そうな銅色のかぎ爪だった。

「あら、可愛いモグラさん」

「リオに似て利発そうな子だ」

父母にも好印象なようだ。ポイントをチェック。スキルの発動に必要なポイントも、念じれば脳裏に浮かんだ。今はどれくらい貯まっているんだろう。


【神獣マスター】
○現在の親バカポイント：１５０ｐｔ

う～ん、結構足りないな。そして、ジルヴァラを召喚したとき全部消費したはずだが、少し増えていた。親バカポイントという名の通り、父母の親バカが炸裂するとポイントになるんだろう。父母のことだから、普通に生きているだけでも貯まるのかもしれない。だけど、できれば今すぐ足りない分を貯めたいんだよな。

ふと、地面を見ると、小さな木の枝が転がっていた。俺の手でも握れそうなくらい。嵐で飛んできたのだろう。そう思ったとき、とあるアイデアを思いついた。

「まぁ〜、ぉおぃてぇ〜（ママ〜、降ろして〜）」

「はいはい、ちょっと待ってね」

まずは地面に降ろしてもらう。ハイハイにて前進し、木の枝を入手。ここからが本番だ。木の枝をしっかり持って、地面にゴリゴリと線を引く。貧相な土地なのが幸いしてか、土が剥き出しなので自由に絵を描けた。少しずつ絵が描かれるにつれ、父母の口からは感嘆の声が漏れる。

「ア、アーサー……もしかして、これって……」

「ロ、ロザリンド……もしかしなくてもそうだよ……これは……」

「ぱぁ〜ちょまぁ〜ぉえ（パパとママの絵）！」

木の枝を走らせること数分。地面に父と母の似顔絵が現れた。頑張って描いた。発育が促進したと言っても、所詮は生後半年の赤子。円と線が入り乱れた落書きにしかならなかったが、父母への愛をしっかり表現したつもりだ。

「……」

父母は固まった。な、なんだ？　やはり、子どもの落書きではポイントなんて貯まらないか……。当てが外れてがっかりしたが、突然父母は反り返って叫んだ。

「「…………突き抜けた画力！」」

「歴史的瞬間に立ち会えて、このゼノス幸福の極みでございます！」

「お見事です、リオ様！　これが大神童リオ様の記念すべき初描画なのですね！」

ゼノスさんや島民も一緒になって俺の絵を称える。想像以上の騒ぎように少々気圧されてしまった。

「騒々しいね、あんたらは。ただの子どもの落書きじゃないか」

「落書きなんかじゃないよ、キーラ！　まさしく、これは人類の至宝だ！」

「未来永劫《みらいえいごう》語り継がれるべき素晴らしい絵画だわ！　ヘル・アイランド宝《ほう》に認定しましょう！」

歓喜する父母たちを眺めていると、頭の中に無機質なアナウンスの声が響いた。

［親バカポイントが１２００ｐｔ貯まりました］

……え？　今ので？　１２００ｐｔも？　落書きを描いただけなんだが……。少しちょろすぎるような気もするが、その分愛されているということだろう。

「ぁ～、しゅるちゅかぅお？（じゃあ、スキル使うよ）？」

『ねえ、リオちゃんがスキルを使うって』

「「見なきゃ！」」

ジルヴァラの声かけで、父母たち一同は騒ぎを止め俺を取り囲む。また別の威圧感を覚えるものの、【神獣マスター】を発動させる。

「たぁ〜ぱ、でぇ〜（タルパよ、いでよ〜）！」

ジルヴァラのときと同じように、神獣カタログが光り輝いた。白い煌めきが収まると、俺たちの前に何もいなかった。

「ぁぇ？　たぁ〜ぱぁ？（あれ？　タルパは？）」

「お、おや？　てっきり新しい神獣が現れたと思ったが……」

「何もいないわね。楽しみにしていたのだけど……」

『大丈夫、彼はもう人間界に召喚されたわ』

え、どこに？　と思ったとき、俺の前の地面がポコッと小さく盛り上がった。これまた小さな生き物がぴょこりと顔を出す。

『初めましてッス！　おいらはタルパっていうッス！　よろしくッス！』

「ぃちゃ〜！」

茶色いモグラが敬礼している。強そうなかぎ爪に可愛い黒目。カタログで見たのと同じだ。

イラストより目がキラキラしているのが印象的だった。

『リオさん！　おいらを召喚してくれてありがとうッス！　さっそくですが、おいらは何をすればいいッスか！』

「ちまとはぁけのちゅち、ちゅぉくでぇ〜え？（島と畑の土、強くできる）？」

『お安い御用ッス！　おいらにお任せッス！　頑張るッスよ～！』

タルパは地面に潜ると、激しく土を掘り始めた。一筆書きを描くように、土がポコポコ盛り上がる。ざっと二十五メートル四方の地面を、あっという間に耕してしまった。タルパが土から再度顔を出す。

『まず、ここら一帯の土を丈夫にしたッス！　作物も水を浴びれば、すぐに育つはずッスよ！』

「ちゅご～い！」

『なら私の出番ね……我は天を司る神獣なり。今ここに、恵みの雨を降らせたまえ……』

ジルヴァラが念じると、晴れたまま優しい雨が降り始めた。お天気雨だ。瞬く間に作物がグングン育ちだす。キュウリは見る見るうちに実が大きくなり、萎れていたトマトもふっくらとおいしそうに。スイカもブルーベリーも急成長。まるで魔法だ……いや、そういえば本当に魔法だった。

「ロ、ロザリンド、大変だ……野菜の育ちがよ過ぎるよ……」

「ア、アーサー、野菜だけじゃないわ……果物だってすごい育ち具合……」

「このゼノス、人生で初の経験が後を絶ちません。この年でこんなに素晴らしい経験をさせていただくなんて感無量でございます……」

「こりゃあたまげたね……リオはとんでもない子どもだよ……」

唖然とする四人をよそに、島民は大変に喜んでいた。

「うおおお！　野菜が果物が育っているぞー！　大神童リオ様、バンザーイ！　バンザーイ！」

島に歓喜の声が木霊する。みんな、作物が育たなくてずっと悲しそうにしていたからな。畑は放っておくとジャングルのごとく成長しそうだったが、むしろその方がいいのかもしれない。みんなにはひもじい思いはしてほしくないし。

いやぁ、神獣たちは本当にすごい。父母はというと、ジルヴァラとタルパに何やら頼みごとをしていた。

「ねえ、タルパちゃん。ここの地面だけひときわ頑丈にできない？　リオの絵が消えるのイヤなの」

「ジルヴァラ、リオの絵の上だけ雨風が当たらないように調整できるか？　この場所はリオの聖地にしたいんだ」

『もちろんよ』

『了解ッス！』

「リオ童はそのために神獣を出してくれたんじゃないからね、まったく」

喜ぶ父母と呆れるキーラさん。相変わらず父母の親バカは炸裂するわけだが、土壌問題と畑問題、一気に両方解決できた。さっそく、島民たちは嬉しそうに野菜や果物を採る。

「まさか、この島でこんな嬉しい光景が見られるなんて……」

「一生、まともな野菜は食べられないいんじゃないかと思っていました」

「今日の晩御飯が楽しみですね～」

畑にいなかった人も駆けつけ、ヘル・アイランド総出で収穫作業は進んだ。でも、作物は次から次へと育つから大変そうだな。

「りぉもてちゅだぁお？（リオも手伝うよ）？」

「いいえ、なりません！　大神童リオ様はそこでお休みくださいませ！　怪我でもされたら大変でございます！」

手伝うと言ったら、激しく断られてしまった。小さなトゲやささくれで怪我をしたら一大事だ、というようなことを懇々と説明される。父母もそうだが、島民たちにも過保護な人物が多かった。

「リオは十分働いてくれたんだから、収穫作業は見ているだけでいいんだ」

「そうよ、リオはこの場にいてくれるだけでいいの」

「ぱぁん……まぁん……」

父母もまた、島民と一緒になって収穫を手伝う。指示を出すだけではなく、島民のために自ら汗水流す理想的な当主の姿がそこにはあった。

「……そうだ、ご褒美に撫で撫でをしてあげよう」

「いい案ね、アーサー」

「「では…………撫で撫で撫で撫で！」」

「あたしはそっちの方が疲れると思うけどね」

と、思いきや、また親バカが始まる。父母に顔中を撫でられていると、ゼノスさんが畑から戻ってきた。手には大量の作物たち。どうやら、収穫がひと段落したようだ。

「アーサー様、ロザリンド様、リオ様。素晴らしい作物たちです。どうぞ見てください。私は感極まってございます」

ゼノスさんは作物の山を差し出す。白いハンカチで涙を拭きながら。無表情に見えるけど、この人も内面は感情豊かな人なのだ。

「……これは驚いた。まさか、こんな素晴らしい作物が収穫できるなんて……」

「まさしく、天の恵みね……。驚きで声も出ないわ……」

「あたしもそれなりに生きてきたけどね、これほどの作物の山は見たことがないよ……」

驚愕《きょうがく》する父母。キーラさんも、今回ばかりは辛辣な言葉は控えてくれた。宝石のように光り輝く、ヘル・アイランドで採れたたくさんの野菜と果物。それは魔法が当たり前の世界でも、大変に貴重な品々だと分かった。この世界では目を凝らすと、アイテムの概要が脳裏に浮かぶらしい。

〈滋養キュウリ〉
レア度：★7

説明：癒やしの成分が詰まったキュウリ。同レア度の回復ポーションより何倍も回復効果がある。

〈パワフルえんどう豆〉
レア度：★8
説明：栄養価が大変に高いえんどう豆。一粒食べるだけで、巨人のごときパワーを得る。

〈凍りトマト〉
レア度：★8
説明：真夏でも表面が凍っているトマト。体を冷やす効果があり、溶岩地帯でもこれを食べれば涼しく散歩できる。

〈甘々さとうきび〉
レア度：★7
説明：高純度の砂糖が含まれたさとうきび。少し絞るだけで大量の砂糖が採れる。

〈すいすいスイカ〉

レア度：★9
説明：水属性の魔力がこもったスイカ。一切れ食べれば、泳ぎが苦手な者でもすいすい泳げてしまう。

〈ビジョンブルーベリー〉
レア度：★10
説明：小さいけれど、一粒で金の延べ棒一本と同じ価値がある。視力が著しく向上し、遠くの景色も良く見えるようになる。

レア度が★6を超えると帝国への献上品として認められると聞いた。つまり、ヘル・アイランドで普通に収穫できる作物が、全て献上品レベルということだ。

「どれもこれも、今までのシャープルズ家では絶対に食べられないような物ばかりだ。島の食生活はぐんと改善されるだろうね」

「ええ、みんなの生活が豊かになると思うと嬉しいわ。ずっと貧相な食事しか食べられなかったから。これでようやく、栄養のある食事を出せるわ」

父母は嬉しそうに作物を眺める。これで大金持ちだ！　などとは言わないところが父母らしかった。自分たちよりいつも島の暮らしを優先的に考える……本当に立派な人物だ。

父、アーサーがポツリと呟く。

「リオにも食べさせてやりたいな。おいしいご飯で元気いっぱいに育ってほしいよ」

真摯な瞳で俺を見る。そのまなざしから、どれだけ俺を思ってくれているのか十分すぎるほど伝わった。母が父の手を取って言う。

「そうね。でも、まだ赤ちゃんだからジュースにして飲ませてあげましょう」

「でしたら、このゼノスがご用意いたします」

「あたしも手伝おうかね」

俺たちは一度シャープルズ家に戻る。ゼノスさんとキーラさんが、〈すいすいスイカ〉と〈ビジョンブルーベリー〉を運んでくれた。俺はまだ生後半年。せいぜい、果汁を舐めるくらいしかできないのだ。

天気が安定してから、シャープルズ家の前にはテラス席が設けられた。そこで待つこと五分ほど。母がいくつかのコップを持って戻ってきた。

「はぁい、お待たせ。〈すいすいスイカ〉と〈ビジョンブルーベリー〉のジュースですよ～」

「おおお～！　おいしそうだ！」

美しい紫色のジュース。気のせいか、独りでに輝いているようだ。

「タルパちゃんとジルヴァラちゃんの分も用意したからね」

『ママ君《ぎみ》、ありがとうッス！』

『ありがとう、ロザリンド。私もちょうど喉が渇いていたところだったの』

母はコップをジルヴァラたちの前に置くが、ハッと何かに気づいた。

「……ごめんなさい、コップじゃ飲みにくかったわよね。今すぐお皿を持ってくるわ」

『大丈夫よ、コップは持てるから』

『おいらも持てるッス！』

「あら、そうなの。二人とも偉いわねぇ」

ジルヴァラは椅子に、タルパはテーブルに座り、揃って前足でおいしそうにジュースを飲む。

父はというと、なぜか険しい表情で三人のやり取りを見ていた。

「ロザリンド、僕だってコップは持てるよ」

「あんたは当たり前だろ」

どうやら、焼きもちを焼いていたようだ。父は渋々とジュースを飲むが、次の瞬間には子どものようにおいしいと喜んでいた。俺もコップで飲めそうだったが、母がスプーンで掬って飲ませてくれた。

スイカの甘みとブルーベリーの酸っぱさが体中を突き抜ける。前世でもこんなにうまい飲み物は飲んだことがない。爽快感とおいしさに気持ちが昂《たかぶ》るほどだった。

「おいちぃねぇ」

笑顔で感想を言ったら、父母は石像のように固まった。な、なんだ？

「『…………天使の笑顔！』」

天に向かって叫ぶ。

［親バカポイントが７００ｐｔ貯まりました］

……なんだか、永久機関が完成しそうだな。その日から、島民の食卓が見違えるように豪華になったのは言うまでもない。

□□□

『リオさんの手は温かくて気持ちいいッス！』

「たぁぱ、かぁいいねぇ～」

『私も撫でて、リオちゃん』

「あぁ～い」

海を見ながら、手のひらに収まったタルパを撫でる。この世界に来てからモグラの毛を初めて触ったが、すごいもふもふしている。ベルベットやビロードのような触り心地だ。タルパはモグラだけど、俺の手の上で過ごすことも多かった。しばらく温まると土の中に戻る。なんでも、ひんやりする感触が心地よいらしい。夏に冷たい布団に入ると気持ちいいのと同じ感覚だろうか。

「神獣と一緒にいるリオは絵になるなぁ」

「ヴィケロニア人美術館に展示されていてもおかしくないわ」

「あんたらの絵を展示してもいいと思うよ。親バカって題でね」

ヘル・フィールドが大発展を遂げ、日々の生活はだいぶ豊かになった。俺が誕生したときより、島民たちの顔には笑顔があふれている。みんなの笑顔を見ると俺も嬉しい。父母とキーラさん、ジルヴァラとタルパとの散歩も新しい日課となった。

『今日も海を見に行きましょう。潮風に当たるのは健康にいいから』

『おいら、いつも土の中にいるから海を見るのすごく楽しいッス！』

ジルヴァラの背中に乗り、島の端へと向かう。港から見るのと島の端から見るのとでは、海の見え方が変わって面白かった。定番スポットは島の西側。シャープルズ家から徒歩十分ほどの高台だった。父母は気持ちよさそうに深呼吸する。

「ここからの眺めは最高だな。畑も改善したし、潮風が気持ちよくていい」

「リオの成長を考えるとよい環境よね。体も強くなりそう」

「しかし、今日も波が強いね。海に出られるのはもう少し先になりそうだ。リオも海で遊ばせてあげたいが……」

海は白波が立つほど、力強くうねっている。ジルヴァラのおかげで天候は安定した。でも、周辺の海流の影響なのか、ヘル・アイランドを取り巻く海は荒れていることが多かった。島民たちも小さな舟を作っては漁に向かっていたが、最近はあまり沖には出られない。しかも、浅瀬には小魚しかいないようだ。

いずれは大きなお魚を食べたいね、とみんなで話す。海を眺めていたら、港の方角からゼノスさんが勢いよく駆けてきた。

「アーサー様、ロザリンド様！　大変でございますー！」

「どうした、ゼノス。ずいぶんと慌てているな」

「み、港に……漂流者と思わしき一行が漂着しております……」

「え!?」

漂流者と聞いて、俺たちは皆驚く。ゼノスさんは息切れしながら話を続けた。

「おそらく……先日の嵐によって船が沈没したものと思われます……」

「なんだって！　それは大変だ、すぐ助けに行こう！　漂流者の救助を島の最優先事項とする！」

「島民たちも集めて！　急いで船を出すわよ！　島には小型船しかないけど、その分小回りが利くわ！」

緊急事態でも、父母はテキパキと指示を出す。俺もまた救助に向かいたかった。

「じゅるら！（ジルヴァラ）！」

『ええ、急ぎましょう、リオちゃん！』

『大変な事態ッス！』

父母たちに先立ち、ジルヴァラに乗って港へ向かう。彼女の足は速く、あっという間に到着した。

ヘル・アイランドの港は自然の地形を利用した湾で、半円の弧を描いた形だ。陸地から海に向かって、リゾート地の海岸みたいなサラサラとした砂浜が続く。島の周囲の波は荒れているが、湾の中は落ち着いていた。

「誰かー！　助けてネコよー！」

「沈みそうだネコ～」

湾の入り口に、小さなイカダが見える。いや、イカダというか大きな木の板だ。その上には猫……？　みたいな生き物が何匹も乗っていた。あれが漂流者か。板の隙間からは水があふれ、今にも沈みそうだった。

「じゅるら、てぃっぱってあぇて！（ジルヴァラ、引っ張ってあげて）！」

『了解！』

『おいらは待機してるッス！』

タルパが地面に飛び降りるとともに、ジルヴァラは海に飛び込む。結構な勢いだったが、しっかりしがみついているので大丈夫だ。

「ああ、もうダメネコよー！」

「まだ死にたくないネコ～」

「いまたちゅけるから！」

『それっ！』

沈み切る前に、ジルヴァラが後ろの端っこを噛んだ。そのまま、押すようにして陸地へと犬かきで舟を運ぶ。猫たちは目を点にして、耳をパタパタさせて驚いていた。いや、俺も驚いた。漂流者はみんな、擬人化した猫の集団だ。漫画の世界みたい。まぁ、魔法があるんだから当然か。

「あ、あなたたちは誰だネコ？　赤ちゃんに犬だなんて、長い船旅でも初めて見たネコ」

「初めてネコ～」

「りぉはりぉっていうぉ（リオはリオって言うの）」

『リオちゃんはこの世界で一番すごい赤ちゃんなのよ。そして、私はジルヴァラ。天気を司るフェンリル。犬じゃなくてフェンリルね』

やはり、赤子とフェンリルなんて珍しい組み合わせなのだろう。猫人間はみんな、ジッと俺とジルヴァラを眺めていた。

「この犬はなんて賢いんだネコ。言葉まで話すなんて、普通の犬じゃないネコよ」

「お利巧な犬ネコね～」

『だから、私はフェンリルよ。しかも神獣。失礼しちゃうわね』

「「はぁ～」」

猫人間たちは感心する。ジルヴァラは自分は神獣だということを終始アピールしながら、すいすいと泳ぎ陸へとみんなを運んでくれた。すでに父母や島民たちは全員集まっており、船の引き上げを手伝ってくれた。陸に上がると、まっさきに父母が駆け寄ってくる。有無を言わさず、万力のごとき力で抱きしめられた。

「リオ！　海に飛び込むなんて僕たちを心配で殺す気かい!?　ジルヴァラがいたからいいものの！　僕はこの五分間、生きた心地がしなかった！」

「ああ、私のリオ！　海に棲む精霊が持ってっちゃったらどうするの！　リオは世界中のみんなが欲しい赤ちゃんなんだから、一人でいちゃ誘拐されちゃうのよ！」

「ほんとによく喋《しゃべ》るね、あんたらは」

父母の胸に体が埋まる。これもいつもの光景。なのだが、来客の前では恥ずかしいことこの上ない。

「でもよくやった！　漂流者を助けるなんて自慢の息子だ！」

「ジルヴァラもありがとう。二人がいなければ間に合わなかったかもしれないわ」

抱きしめから解放されたところで、猫人間たちが挨拶した。

「いやぁ、助かったネコ。あちきはアニカという名前ネコよ。まさか、赤ちゃんと犬に助けられるとは思わなかったネコ。本当にありがとうネコね」

「ありがとうネコ～」

アニカさんたちは丁寧に頭を下げる。立ってみると、彼女らは思いの外大きかった。全長百二十センチくらいかな。小学校に入りたてくらいの大きさ。みんな顔は猫のなごりが残っているのに、服はちゃんと人間みたいだった。父母は、キリッとした様子でアニカさんたちに話す。

「命が無事で安心しました。僕はこの島の当主をしているアーサー・シャープルズです」

「私は妻のロザリンドと申します。大変でしたね。どうぞゆっくりしていってください」

「リオ殿は二人のお子さんだネコか？　いやぁ、すごい勇気があって優秀な赤ちゃんネコね。リオ殿がいなければ死んでいたネコ」

猫人間たちは揃ってぺこりとお辞儀する。ついさっきまで海に沈むという命の危機にあったのに、きちんとお礼を述べる心の強さに感嘆した。父はアニカさんたちを見て、何かに気づいたように言った。

「……もしかして、あなたたちは〝猫の民〟の方々ですか？　失礼、僕はまだ文献でしか見たことがなく確証が持てないのですが」

「いかにも、あちきたちは猫の民だネコ」

猫の民と聞いて、母もまた驚く。

「これは……珍しいお客さんですわね。私もお会いするのは初めてですわ」

「よろしくネコ～」

この人（ネコか？）たちは猫の民という亜人らしい。父母の反応から、彼らは珍しい存在とも分かった。猫の民というくらいだから、てっきり○○ニャンと話すのかと思いきや、○○ネコと話してるのがウケた。父がアニカさんに尋ねる。

「皆さんはご家族なのですか？」

アニカさんたちは、みんな同じような見た目だ。薄い茶色の毛に、同じく茶色の丸い瞳。俺もまた、みんなは家族なのかな？　と思っていた。

『おっしゃる通りだネコ。あちきたちは、全部で十人姉妹だネコよ。こっちから、イニカ、ウニカ、エニカ、オニカ、カニカ、キニカ、クニカ、ケニカ、コニカ。みんな、あちきの大事な妹だネコ』

「みんなお姉ちゃんの妹だネコ～」

アニカさんたちは本当に姉妹だったのか。よく似ているもんな。父がシャープルズ家の方角へ手をかざして言う。

「さあ、まずはお体を拭いてください。冷えるとよくないので。僕たちの家がすぐそこですから ご案内します。温かいお飲み物もご用意しましょう」

「かたじけないネコ」

シャープルズ家に案内し、タオルで体を拭いてもらう。温かい白湯（茶葉はまだない）を出したら、ようやく一息つけたようだ。アニカさんがコップを静かに置いて話す。

「あちきたちは行商で暮らしているネコが、この前の嵐で船が沈んでしまったんだネコ……」

「そうだったのですか……それは災難でしたね……。僕たちもあの嵐には大変苦しめられました」

先日の嵐は、島の外でも猛威を振るっていたようだ。アニカさんは白湯を飲みながら、暗い顔で話を続ける。

「積み荷は全部、海の底ネコ……。これは大変な損害だネコよ。ヴィケロニア帝国の皇帝陛下にお売りする品々が全部……。もう廃業するしかないかもネコね……一族の伝統があちきの代で終わるなんて……恥ずかしくてご先祖様に顔向けできないネコ……」

「ネコ……」

アニカさんたちはしょんぼりと俯く。小舟が沈みそうなときでさえ明るかったのに、今はその明るさは少しもない。本当に深刻な状況であることが嫌でも分かった。父母やキーラさんたちも暗い顔だ。

「まぁ、でも……この紋章だけは救えたのが不幸中の幸いだネコよ」

アニカさんは胸のバッジを外しながら言う。猫が月を見上げているような絵が刻まれていた。キレイなバッジだなと思っていたら、父母がプルプルと震え出した。

「し、失礼ですが、その紋章はもしかして……〝キャット・バウト商会〟ですか⁉」

父は叫ぶように言い、母も島民たちもまた激しく驚いた。不思議な商会の名前だな。みんなの驚きようから、有名な商会なのかもしれない。叫ばれはしたものの、アニカさんはいたって普通に話す。

「アーサー殿とロザリンド殿がおっしゃる通り、あちきたちはキャット・ゲット・バウト商会を運営しているネコ」

「「え、ええ〜！　本当に〜⁉」」

「しょ、しょんなにしゅごぉぉ？（そ、そんなにすごいの？）」

俺にはすごさが分からなかったので、父母に尋ねると、猛烈な勢いで説明してくれた。要約すると、約三百年の歴史があり、ヴィケロニア魔導帝国は元より、世界中の王族や皇族と繋《つな》がりがある世界一名の知れた商会……ということだった。

相変わらず、アニカさんたちはしょんぼりしている。何とかしたいな……と思ったとき、とある案が思い浮かんだ。

「……ぱぁん、まぁん。はちゃけのやしゃいとかあげちゃら？（……パパ、ママ。畑の野菜とかあげたら？）」

俺がそう言うと、父母の顔はパッと明るくなった。そのまま、アニカさんたちに伝える。

「そうだ、僕たちにはヘル・フィールドがあったんだ。……アニカさん、よかったらこの島で育てている野菜や果物をお分けしますがどうですか？」

「どれもすごくおいしい作物なんです。皆さんの積み荷の代わりになるか分かりませんが……」

父母の言葉を聞くと、アニカさんたちは勢いよく立ち上がった。

「え⁉　それは本当ネコか⁉　ぜひ見たいネコ！」

「では、今ご用意しますね……ゼノス、悪いが野菜と果物を持ってきてくれるか？」

「かしこまりました」

ゼノスさんが部屋から出て、すぐに作物を運んできた。テーブルに乗せてもらい、父母がアニカさんたちに説明する。

「野菜は〈滋養キュウリ〉、〈パワフルえんどう豆〉、〈凍りトマト〉が旬ですよ。一口食べただけで全身が癒やされます」

「果物は〈すいすいスイカ〉と〈ビジョンブルーベリー〉が採れましたわ。ジュースにするとすごくおいしいんですの」

父母が作物をアニカさんたちに見せる。ヘル・フィールドで採れた新鮮な野菜たち。アニカさんたちは気に入ってくれるかな。積み荷の替わりになってくれるといいのだが。

やや緊張しながら反応を窺《うかが》う。アニカさんたちは何も言わない。……お気に召さなかったのだろうか？　父もまた、ドキドキした様子で尋ねる。

「あの～、いかがで……」

「大・仰・天・ネコー！」

『仰天ネコ～！』

「「うわあっ！」」

突然、アニカさんたちは両手をバンザーイして喜び出した。そのまま、感嘆の表情で感想を述べる。

「いやぁ……なんて魅力的な作物の数々だネコか。宝の山に見えるネコ」

「そ、そんなにすごい作物なんですか？」

「よくぞ聞いてくれたネコ！」

「「聞いてくれたネコ！」」

アニカさんたちは、嬉々《きき》として作物の素晴らしさを話しだす。行商人のスイッチが入ってしまったようだ。

「〈滋養キュウリ〉は〝奇跡の大地イルモア〟にのみ育つとされる野菜だネコ！　採りに行くまで八割の人間が死ぬと言われているネコよ！」

八割が死ぬ……って、誰も取れないに等しいじゃん……。

「〈パワフルえんどう豆〉は世界の果てにある〝ジャイアント豆の木〟にしか実らない豆ネコよ！　採取するには、巨人の番人に潰されるのを覚悟しないといけないネコ！」

きょ、巨人こわぁ……。

「〈凍りトマト〉は世界一寒い〝ゴルダラ雪原〟の最北端にあるんだネコ！　採りに行ったら間違いなく氷漬けで人生を終えるネコね！」

氷漬けなんて絶対イヤだ……。

「〈甘々さとうきび〉は世界三大未開地の一つ、〝ゼルビジャングル〟のいっっっちばん奥に行かないと入手できないネコ！　道中は必ずAランクモンスター、ファングタイガーの巣を通るネコから、食われる側の恐怖を味わえるネコ！」

聞いただけで怖い虎のモンスターが思い浮かぶ。

「〈すいすいスイカ〉はSランクモンスター、水喰竜《みずくいりゅう》の好物だから採取は命と物々交換だネコ！」

そんな物々交換はいやだぁ……。

「〈ビジョンブルーベリー〉は天界に一番近いと言われる、〝ルクリオス山〟の頂上にしか生えていない超×5貴重な果物だネコ！　ちなみに、頂上は特別な魔力に覆われているから、足を踏み入れたら数分で干からびてミイラになるネコ！」

「……」

あまりの勢いに、父母は額の汗を拭いていた。結論を言うと、ヘル・フィールドで採れた作物はどれも予想以上の激レア作物だった。アニカさんは震える声で話す。

「こ、この作物を本当に全部貰ってもいいんだネコか？　こんな作物の山、他ではぜったいに見られないネコよ……」

アニカさんたちは大変な興奮ようだ。全身の毛が逆立ってしまっている。

「ええ、お好きなだけお持ちください。僕たちの分はいっぱいありますし、採っても採ってもなくならないので」

「困っている方がいれば、助けるのは当たり前ですわ。皆さんの手助けになれたら、私たちも嬉しく思います」

慈愛に満ちた父母の言葉を聞き、アニカさん一同は目がウルウルとしていた。

「シャープルズ殿みたいに優しい人たちに会ったのは初めてネコよ。……そういえば、ここは何という島だネコ？」

「ヘル・アイランドです」

父母が告げると、アニカさんたちはまた固まった。こ、今度は何だ？

「へ、ヘル・アイランドだネコか⁉　この世の終わりを凝縮したというあのヘル・アイランド⁉　一度入ったら死ぬまで出られない地獄の島ネコ⁉」

「『地獄ネコ⁉』」

アニカさんたちは頬に手を当て驚きまくる。どうやら、思ったよりこの島の評判は悪いらしい。

「ま、まぁ、そんなに驚かないでください。以前は最低最悪の島だったんですが、リオのおかげでこんなよい島になったんです。いえ、リオと神獣のおかげです」

「ええ、アーサーの言う通りでございますわ。私たちの努力だけでは、ここまで改善することはできませんでした。リオと、リオのスキルで出てきてくれた神獣たちのおかげなんです」

父母はジルヴァラとタルパを撫でながら、嬉しそうに話す。その視線は我が子を見るような優しい視線だ。

「やはり……全てはリオ殿の恩恵だったネコか！」

「「リオ殿ネコ！」」

「ぅぁぁっ！」

思い出したかのように、アニカさんたちは俺を取り囲む。自分より大きな猫の集団に囲まれ、まるで猫の国に来たような気分になった。

「初めて会ったときから、ただの赤ちゃんではないと思っていたネコが、やっぱりリオ殿はすごい赤ちゃんなんだネコね」

「我が偉大な息子リオは、島では大神童と呼ばれています」

ここぞとばかりに得意げな父母。自分で言うのも何だが、俺の話をしているときが一番嬉しそうだ。恥ずかしさはあるものの、愛を実感する時間でもある。

「じゅぅばらとたぁぱが、がんばっちぇんだぉ（ジルヴァラとタルパが、頑張ってくれたんだよ）」

「神獣が二匹もいる島なんてここだけだろうネコね」

『リオちゃんが召喚してくれたから、私たちはこの世界に来れたの』

『リオさんに感謝ッス！』

ジルヴァラとタルパもまた誇らしげで、俺も嬉しくなる。アニカさんたちに運搬用の簡素な籠も提供すると、彼女たちはホクホクと作物を鞄にしまった。

「……いやぁ、本当にありがとうネコ。こんなに貴重な作物がたくさんあれば、商売を立て直すことができるネコ。さっそく、帝都に向かうネコかね。慌ただしくて悪いネコよ。でも、このお礼は絶対にするネコから」

「どうぞ、僕たちのことはお気になさらず。海までお見送りしましょう」

「またいらしてくださいね。私たちもお会いできて楽しかったですわ」

父母が海に案内するが、アニカさんたちは何かを思い出したようにピタリと止まった。

「どうされました？」

「……船がないネコ」

「「あっ……」」

たしかにそうだ。アニカさんたちの船は沈んでしまったと聞いた。港には島の船があるにはあるが、どれも短い漁ができる程度の小型船だ。

「あちきとしたことがうっかりしていたネコ……船がないと帝都まで行けないネコよ……」

「島にあるのは小さな舟ばかりだ……。帝都へ行くには小さすぎるな」

「どうしましょう。作るにしても、大型船の作り方なんて分からないし……時間もかかるわよねぇ……」

みんなは頭を悩ませる。う～ん……という声の中、ジルヴァラとタルパがそっと俺に話しかけた。

『リオちゃん……』

『リオさん……』

「ぅん」

たぶん、俺ならどうにかできる気がする。……いや、やるんだよ。帝都へひとっ飛びできそうな、すごい神獣を出すんだ。

「ぱぁん、まぁん。ぃぉにまぁしぇて（パパ、ママ。リオに任せて）」

「え？　リオが解決してくれるのかい？　だけど、さすがに超スーパーハイパーウルトラ赤ちゃんのリオでも、帝都まで皆さんを抱えて泳ぐのは厳しいんじゃないかな」

「いくらすごくてもリオはまだ赤ちゃんなのだから、無理はしなくていいのよ？　さすがのリオでもクロールで帝都まで泳ぐのは難しいわ」

「しょぉじゃなぁて、あちゃりゃしぃしんじゅうしゃんだすぉ（そうじゃなくて、新しい神獣さん出すよ）」

なぜか父母の頭の中には、俺がアニカさんたちを抱えて泳ぐ光景しかなかったようだ。無論、泳いで帝都に向かったりはしない。チートスキルの出番だ。神獣カタログよ、この手に来い！

念じると、手の上に例のカタログが浮かび上がった。アニカさんたちは驚く。

「その本はなんだネコか？」

「なんだネコ」

「ぃおのしゅきるのごほんだぉ（リオのスキルのご本だよ）」

「「へぇ～……ネコ」」

彼女らは興味深そうにカタログを見る。みんなを安全に、早く運べる神獣はいないだろうか。やっぱり海を泳げるタイプがいいのかな。そんなことを思っていたら、神獣カタログのページが自然とめくられた。描かれていたのは……。

【しっぷうドラゴン：ネモス】
とくべつなちから：とてもはやい
しょうひポイント：１８００pt
せいかく：やさしくて、バトルはにがて

美しい空色の鱗《うろこ》に身を包んだドラゴンで、背中には大きな二枚の羽がある。まさしく、ザ・神獣って感じだ。悠々と空を飛んでいるイラストで、見開きのページいっぱいに描かれている。絵からもその巨大さが伝わった。大きな神獣だからか、消費ポイントも多いな。さて、今のポイントはどうだろうか。

【神獣マスター】
○現在の親バカポイント：1500pt

ふむ、あと300pt。ということは、また父母を喜ばせる必要があるわけか……。親バカさせないといけないんだけど、どうしようかな。島民だけならいざ知らず、今はアニカさんたちがいる。来客の前で親バカが炸裂し過ぎると恥ずかしいのだが。少し悩んだ結果、感謝の思いを伝えることにした。

「ぱぁん、まぁん…………いちゅもありがと」

笑顔で気持ちを伝える。親バカポイントや【神獣マスター】のためではあるが素直な気持ちだ。毎度のごとく、父母は固まる。この反応もまた、毎回不安になる。

「「…………人生の幸せ！」」

［親バカポイントが800pt貯まりました］

父母が天に向かって叫ぶとともに、親バカポイントも貯まってくれた。何はともあれ、これでドラゴンを召喚できるな。

安心するものの、今度はすすり泣きの声が聞こえた。泣くほど嬉しかったのかと思ったが、父母ではない。キーラさんに俺の素晴らしさを延々と話しているから。じゃ、じゃあ、誰が……。

「こ、これが……親子愛なんだネコね」

「親子愛ネコ……」

「ほぇ……？」

まさかのアニカさんたちだった。皆さんハンカチで涙を拭く。これ以上事が大きくなる前に、さっさと召喚した方がよさそうだ。

「ねもしゅよ、いでぉー（ネモスよ、出でよー）！」

カタログが光り輝き、辺りを包み込む。眩しさが収まったとき、巨大なドラゴンが目の前にいた。

『リオ君、初めまして。僕は疾風ドラゴンのネモスです。召喚してくれてありがとうございます』

「うぉおきなどらごんねぇ」

『イラストで見るよりキレイな鱗だわ』

『体が大きくて羨ましいッス！』

全長は十五メートルくらい。顔は凛々《りり》しくて、ドラゴンの年齢は分からないものの若いんだなと感じる。ネモスは首を垂れて、俺に頭を撫でさせてくれた。鱗の表面は不思議としっとりしていて、撫で心地が良かった。

「「ド、ドラゴンだネコー!?」」

「ねもしゅはやしゃしいからだぁじょぶだよ（ネモスは優しいから大丈夫だよ）」

『僕は誰かを襲ったりはしません』

アニカさんたちは驚き慌てふためいたけど、すぐに落ち着いた。おっかなびっくりネモスの身体を触っては喜んでいる。

「ねぇ、ねもしゅ。あにかしゃんたちをてーとにはこんでくれりゅ？　おふねこわれちゃったお」

『もちろんです。カタログの中で聞いていましたよ……さあ、皆さん。どうぞ僕の背中に乗ってください』

「ド、ドラゴンに送ってもらえるなんて……感激で言葉が出ないネコ……」

「出ないネコ……」

アニカさんたちはネモスの背中に乗る。全部で十人いる上に荷物もたくさんあるけど、ネモスの背中には悠々とスペースがあった。

『では、準備はいいですか？　しっかり掴まっていてくださいね……飛びますよー』

ネモスが羽を動かすと、空気が重い風圧となって顔に当たる。見た目通りの力強い羽ばたきだ。

「リオ殿ー、シャープルズ殿ー、ヘル・アイランドの皆さん、大変お世話になったネコー。このご恩は絶対に忘れないネコよー」

「忘れないネコー」

「皆さんもお元気でー」

「まちゃぁおうぇー（また会おうねー）」

アニカさんたちは笑顔で手を振り、空に消えていく。無事、初めての来客も笑顔で去っていった。

間章：行商人と帝都

『皆さん、帝都に着きました。地上に降りるのでしっかり掴まっていてくださいね』

「も、もう着いたのネコか？　とんでもない速さだネコ」

「速さネコ」

ネモスがヘル・アイランドを飛び立ってから数十分後。アニカ一行はヴィケロニア魔導帝国の帝都へ到着した。大陸と島の間は船で最低でも十日はかかるが、一時間も経っていない。疾風ドラゴンの本領が発揮された移動であった。

通行人に驚かれながら、ネモスは宮殿近くの公園に降りる。ちょうど、謁見の日に帝都へ来ることができ、アニカたちは心底ホッとした。

『では、僕はリオ君のところに戻ります。どうぞお気をつけて』

「送ってくれて本当にありがとうネコよ。リオ殿によろしくネコ」

「ありがとネコー」

アニカたちに見送られ、ネモスはヘル・アイランドに帰る。アニカたちは宮殿の入り口に行くと、身なりを整え商人の顔に戻った。

「じゃあ、あちきたちは皇女殿下に謁見するネコよ。気を引き締めていくネコ」

「ネコ」

嵐により通商手形も海の底に沈んでしまったが、衛兵は顔を見ただけで彼女たちを通す。シャープルズ家は詳しく知らなかったが、いわゆる顔パスで通過できるほど、アニカたちは帝国に信頼されていた。

アニカたちは〝皇帝の間〟に案内され、待つこと数分。美しい銀髪をなびかせた女性が現れた。彼女が入ってくるや否や、アニカたちはいっせいに跪く。

――リリアン・ヴィケロニア。二十四歳。

ここヴィケロニア魔導帝国の第一皇女である。銀髪はわずかな月明かりでも煌々と輝き、真紅の瞳は見る者を引きずり込んで離さない。名実ともに、国中の羨望を集める美女だった。さらには、洗練された足運びから積んだ鍛錬の年月が伝わる。それもそのはず、帝国が誇る空挺騎士団の団長を務めるほど、武勇に優れた人物でもあった。

「すまない、遅くなったな」

「いえ、我々も今参ったところでございます」

「ございます」

「そうか」

リリアンと話すときだけは、アニカたちも猫語をやめた。リリアンが玉座に座る。

「皇帝陛下のご容態はいかがでしょうか」

「うむ……よくないな。最近は特に体力が衰えてしまった」

「さようでございますか……。猫の民は皆、皇帝陛下のご快復をお祈りしております」

アニカたちは悲痛な表情を浮かべ、リリアンもまた表情は暗かった。ヴィケロニア皇帝は、永らく床に伏していた。医術師は長年の精神的疲労が主な原因だろうと言う。無理もなかった。ヴィケロニア魔導帝国を狙う国々は多い。我が国を、国民を守るため、日々奔走していた疲れが出たのだ。

そのような背景もあり、実質的にはリリアンが帝国の政務を担っていた。

「さて、辛気臭い話はこれでおしまいにしよう。今日はどんな品を持ってきてくれたのだ？前回来たときに、南の海洋諸国を巡ると言っていたが」

元来、ヴィケロニア皇帝は希少な品々が好きだった。だから、病気の父親を少しでも癒すため、リリアンはアニカたちに珍しい品物の手配を頼んだのだ。

「申し訳ございません、皇女殿下。道中ひどい嵐に襲われ、船が沈んでしまったのです。我々の命は救われましたが、積み荷は全て海の底に沈んでしまいました」

「そうだったのか。嵐とは災難だったな」

「その替わり、漂流先のヘル・アイランドで大変に素晴らしい待遇を受けました。この作物も、島主のシャープルズ家の皆さんに分けていただいたものでございます」

「これは……途方もない作物ばかりではないか」

アニカたちは作物の数々を献上する。〈滋養キュウリ〉、〈パワフルえんどう豆〉、〈凍りトマト〉……。数年に一回出会えるか否かの作物の数々。さすがのリリアンも驚きで、しばし言葉を失った。

「皇女殿下。ヘル・アイランドは素晴らしい島でございます。我々が体験したことをお話ししてもよろしいでしょうか」

「うむ、詳しく話せ」

アニカたちはヘル・アイランドでの出来事を話す。シャープルズ夫妻と島民たちに助けられ、素晴らしい作物を分けてもらったこと。島には神獣と呼ばれる特別な生き物がおり、劣悪な環境と言われた島は、この世の理想郷のように発展していたこと。彼女たちの話を、リリアンは興味深く聞いた。

リリアンはまだ、シャープルズ家が嫌がらせのためヘル・アイランドに島流しされたことを知らない。よって、シャープルズ家は不毛の大地を開拓するという高い志を持った子爵家、という認識であった。

「……実は、ヘル・アイランドにはもっとすごいお方がいるのです。その名をリオ・シャープルズといい……なんと、まだ生後半年ほどの赤ちゃんなのです」

「赤子？」

「これが可愛いだけでなく、非常に強力なスキルを持っているのです。先ほど述べた神獣も、リオ殿がスキルによって召喚したのでございます」

アニカたちは、嬉々としてリオの話もする。あんなにすごいスキルは見たことがない、しかもまだ赤ちゃん、おまけに可愛いと。彼女たちの話を、リリアンは静かに聞いていた。

「……ふむ、スキルを持った赤子など我も聞いたことがない。だが、あいにくと我は赤子に興味がないな」

「そうなのでございますか」

アニカたちの思いに反し、リリアンは塩対応だった。実のところ、リリアンは赤子が好きではない。弱く、小さく、守られないと生きていけない……。そのようなか弱い存在に、ある種の冷めた感情を抱いていた。

リリアンとの謁見が終わり、アニカたちは宮殿から出る。作物は献上という形ではあったが、それ相応の対価を貰った。つまり、商売を再開する見込みができた。

「これだけあれば新しい船を買えるネコ。絶対にまたヘル・アイランドに行くネコよ！」

「行くネコ！」

「そして、リオ殿に恩を返すんだネコ！」

「返すネコ！」

ちょうど、リオがアーサーとロザリンドに強烈な頬擦りを食らっているとき。アニカたちは天高く拳を突き上げ、強く強く決心するのであった。

間章：恥かいた（Side：モンクル）

「おい、裾に埃《ほこり》がついているだろうが！　どうして屋敷を出る前に気づかなかったのだ！」

「も、申し訳ございません、モンクル様！」

帝国の宮殿に、ワシの怒鳴り声が響く。馬車を降りたとき、ローブの裾に埃を見つけたのだ。わざわざ衛兵の前で使用人どもを叱りつける。ワシの権力を知らしめるためだ。これからリリアン様との大事な謁見なのに、使用人どものせいで恥をかくところだった。

門を抜けようとしたら、衛兵がワシの前で槍《やり》を交差する。

「おい、衛兵。何をやっておる」

「通行証をご提示ください」

「なにぃぃぃぃい⁉　ワシはモンクル・ギャリソンだぞ！　国内有数のギャリソン公爵家当主だ！　無礼だと思わないのか！」

「ですから、通行証をご提示ください。規則ですので」

怒鳴りつけるも、衛兵は槍を交差したまま動かない。おのれぇぇぇぇ。許せなかったが仕方がない。後ろに控えている使用人に命じた。

「おい！　通行証を持ってこい！」

「モンクル様がご自身で管理されているはずでございますが……大事な書類だから決して触るなと」

「……チッ！」

そういえば、そうだった。使用人どもになくされては困るから、自分で持つことにしていた。

服を探るが……通行証が見つからない。ど、どういうことだ。なぜ通行証がない。

「モンクル公爵、どうしたので？　……まさか、忘れたんじゃ……」

「だ、黙れ！　今探しておる！」

衛兵に冷めた目で見られる中、必死に服を探す。ない。馬車まで戻って座席中を探す。ない。

そこまでしてようやく分かった。……屋敷に忘れたのだ。

「……モンクル公爵？」

「ぐっ……い、一度屋敷に戻る！　話はそれからだ！」

取りに帰るしかない。馬車に乗り、すかさず使用人どもを叱る。

「なぜ、通行証を持ってこなかったんだ！」

「で、ですから、モンクル様がご自身で管理されていらっしゃいまして……」

「知らんわ！」

「そんな無茶な……」

使用人どものせいで恥をかいた。どうして、ワシの部下は無能ばかりなのだ。自分が哀れで仕方ない。ああ、可哀想なワシ……。

□□□

自分の境遇を悲しみながら屋敷に帰り、通行証を持ってきた。ワシをいじめる不届き者の衛兵たちに見せ、ようやく皇帝の間にたどり着いた。この後の極めて大事な謁見……考えるだけで気分が高まる。ワシの人生にも影響しかねないほど、大事な謁見だ。

待つこと数分。奥の扉が開き、美しい女性が入ってきた。歩く姿を見ただけで、ワシの心には花が咲く。

「これはこれはリリアン様。本日も見目麗しいことで何よりでございます。このモンクル、恐悦至極でございますぅぅぅぅ」

「……」

美女は何も言わず、玉座に座る。このお方はリリアン第一皇女。麗しい銀髪に美しい赤の瞳。一度見たら忘れられないほどの絶世の美女だ。まさしく、ワシのような孤高を極めた男こそ相応しい。

「リリアン様、本日は貴重なお時間をいただき誠にありがとうございます」

「挨拶はいい。用件を話せ」

先ほどから、リリアン様は窓の外を見ている。やや無理やり謁見の機会を設けてもらうことになってしまったが、ワシからの献上品を見れば、リリアン様も目の色を変えるはずだ。
「お時間をいただいたのは他でもありません。途方もなく珍しく、そして貴重な作物を入手したからです。ぜひ、リリアン様に献上したくお持ちいたしました。その作物とはぁぁぁあ……これでございます！」
被せておいた布を外す。その下から現れたのは、人類の至宝といっても過言ではない恐ろしく貴重な作物だ。

〈ギガントニンニク〉
レア度：★7
説明：通常より十倍は大きい、非常に巨大なニンニク。一欠片《かけら》食べるだけで、山をも越えるパワーが漲《みなぎ》る。魔力がこもっている分、臭いが強い。

ようやく……ようやく手に入った。方々の行商人に命じ、大金を支払い、大変な努力を積んで入手できた。世界的にも希少なニンニク……。帝国内でも持っているのは、ワシくらいのものだろう。これさえあれば、リリアン様との結婚も夢ではない。しかし、当のリリアン様は鼻に手を当て顔をしかめている。

「リリアン様、どうぞ見てくださいませ！　これが私の献上品でございます！　世界的にもその希少性が知られている〈ギガントニンニク〉！　ここ最近、★7を超える作物は献上されていなかったはず……！　どうか、これを回復祈願として皇帝陛下の枕元にでも置いていただいて……」

「ならん」

最後まで言い終わる前に、リリアン様が遮った。ワシが皇帝の間に入ってから、まだ一度も笑っていない。背中をひたりと嫌な汗が伝う。

「い、いや、しかし、この〈ギガントニンニク〉は北方大陸の〝イパラカ山脈〟を、探しに探してやっと見つけた品でして……皇帝陛下もお喜びになられることは間違いないかと……」

「その作物の希少さは我も承知している」

「じゃ、じゃあ……！」

評価が悪いと心配になったが、取り越し苦労だったようだ。まったく、リリアン様も人が悪い。

「だが、皇帝陛下はずいぶんと憔悴《しょうすい》した健康状態だ。その枕元にこんな臭いの強い物を置けと？　配慮が足らんと言わざるを得ないな」

「あ……そ、それはですね……」

し、しまった。希少性ばかり気にして、肝心の献上した後のことを考えていなかった。たしかに、部屋中がニンニク臭くては休むものも休まらない。とめどなく冷や汗をかいていたら、リリアン様が使用人に命じた。

「おい、あれを持ってこい」

「承知いたしました」

ガラガラと長いテーブルが運び込まれる。その上にはいくつかの作物が置かれていた。一目見た瞬間、ワシの目は釘《くぎ》付けになる。遠目からでも、その素晴らしさが分かった。テーブルがワシの前に置かれると、つい呼吸が荒くなった。

「つい先日、希少な作物をいくつも献上された。よって、貴殿から改めて作物を受け取る必要はないのだ」

「こ、この作物たちは……」

驚きで声も出ない。★7の〈滋養キュウリ〉を筆頭に、数十年に一度見られたら運がいいと言われる〈パワフルえんどう豆〉、芸術品のような気品が漂う〈凍りトマト〉、それ一本で宮殿料理の二か月分の砂糖は軽く賄える〈甘々さとうきび〉、常に世界中のコレクターが欲しがっている〈すいすいスイカ〉、挙句の果てには、★10の〈ビジョンブルーベリー〉まで……。

ワシですら、こんな宝の山は初めて見た。いったい、何があったらこれほど大量に入手できるのだ。感激で胸が震えた。〈ギガントニンニク〉は受け取られなかったが、この作物たちを見られただけでも来たかいがある。

「これは全て、ヘル・アイランドで採れた作物だ」

「…………えっ？」

その一言で興奮が冷めた。へ、ヘル・アイランドで採れたぁ？

「シャープルズ家は、〝地獄の島〟と呼ばれるほど劣悪な環境を開拓しているらしい。帝国への素晴らしい貢献だ。そのうち褒美を渡さなければならないな。赤子のスキルも気になる。スキルだけだが」

「あ……あ……あ……」

シャープルズ家がリリアン様に褒められているぅ？　なんでぇ？　島流ししたのにぃ？

「さて、話は終わりだ。そのニンニクは貴様の枕元にでも置いておけ。さすれば、我の言葉の意味も分かるだろう」

「お、お待ちください、リリアン様ぁぁぁぁあ！」

ワシの叫び声も虚しく、リリアン様は立ち去ってしまった。静寂が戻り、虚しさが胸に湧く。

「何が……何がいけなかったのだぁぁぁあ！」

力の限り床を叩いた。思いのほか硬く拳が痛くなったが、そんなことはどうでもいい。あろうことか、ワシはリリアン様の前で辱しめを受けたのだ。とうてい許されることではない。

「モンクル公爵、そろそろご退室を……」

「退室してられるかぁぁぁあ！　ワシはリリアン様に……ま、待て、おいやめろ！」

有無を言わさず、衛兵に連れ出されてしまった。宮殿の前でしばし途方に暮れる。おのれ、シャープルズ家め。この偉大なワシに恥をかかせおって。とうてい許されることではない。この日からワシは、毎晩寝る前ヘル・アイランドに恨みの念を送ることにした。

閒章：第一回神獣会議──マスターは赤ちゃん（可愛い）

「ぱぁん、まぁん、おやしゅぃ～（パパ、ママ、お休み～）」

「「お休み、リオ。寝る前に撫で撫でしてあげましょうね～」」

アーサーとロザリンドの頬撫でを食らいながら、リオは眠りに就く。我が子の寝顔を見ているとアーサーたちも眠くなり、ベッドに潜って寝てしまった。

リオたち島の住民が眠りに就いたちょうどそのとき、ヘル・フィールドの近くに黒い影が近づいた。三体の黒い影……一つは犬のような四足歩行で、一つは地面から顔を出した影、そして最後の一つは竜を思わせる巨大な影だ。

『……もうみんな寝たみたいね。じゃあ、記念すべき〝第一回神獣会議〟を開きましょう。まずは自己紹介から。私はジルヴァラ。犬じゃなくてフェンリルよ』

『なんだか緊張するッスね……おいらはタルパ。見た通り、モグラッス』

『僕はネモスと言います。風を操るドラゴンです。どうぞよろしくお願いします』

ジルヴァラ、タルパ、ネモスの三匹だ。彼女らはリオに召喚された神獣同士、互いの交流を兼ねて会議を開くことにした。その議題は……。

『リオちゃんったら……なんて可愛いのでしょうね』

『可愛くてしょうがないッス』

『リオ君の可愛さはカタログの中にも伝わっていましたが、やはり実物は違いますね』

リオの可愛さについてだ。端的に言うと、彼女らは皆リオにデレデレなのであった。

『赤ちゃんは基本的に可愛いと思うけど、リオちゃんは別格だと思うわ。ずっとお世話したいくらい』

『できれば赤ちゃんのままでいてほしいッス』

『それは無理ですよ。人間はみんな成長するのですから。……ということは、リオ君もどんどん大きくなっちゃうんですね……』

リオの成長を思い、三匹はほろりと涙する。赤ちゃんのままでいてほしいが、ちゃんと成長もしてほしい。その葛藤に身を焦がす。

『リオちゃんは全てが可愛いけど、やっぱり一番は頬っぺただと思うわ』

『おいらは柔らかくてあったかい手が好きッス』

『僕はただただどしい話し方がたまりません』

彼女たちは各々、自分の好きなポイントを話す。互いの推しポイントをアピールし合い、概ねリオは可愛いということで話はまとまった。

ジルヴァラは真剣な表情に戻ると皆に言う。

『前から思っていたけど、リオちゃんは特別な子どもだと思うわ』

『おいらも同感ッス』

『まさしく、神に選ばれた赤ちゃんですね』

ジルヴァラの言葉に神獣たちは賛同する。

――スキル【神獣マスター】。

それは、〝神界《しんかい》〟に住む者たちを人間界に召喚できる唯一無二のスキル。ジルヴァラたちの記憶では、未だかつてそのようなスキルを得た人間はいなかった。故に、リオは特別な赤子なのだと、三匹は確信している。

何はともあれ、明日から愛でる毎日がまた始まると思うと、明るい気持ちで心が満たされる。

『優しくて可愛いマスターでよかった～』

リオの可愛さを語るうちに、夜は静かに更けていった。

第三章：魔導船

「アーサー、キーラとゼノスが来たわ」

「よし、さっそく始めようか」

アニカさんたちが帝都に行ってから数日後。シャープルズ家でとある会議が開かれた。参加者は俺、父、母、キーラさん、ゼノスさん……そして、ジルヴァラ、タルパ、ネモスの面々。ネモスは大きくて入れないので、窓越しに眺めていた。

「みんな、忙しいところ悪いね。集まってもらったのは他でもない。ヘル・アイランドの特産品を作ろうと思うんだ」

「特産品？」

父の言葉に、みんなは疑問の声を出す。もちろん、俺もだ。母が俺の頭を撫でながら言う。

「つまり、島の名物ってことかしら？　ヘル・フィールドの作物は十分に名物じゃない？」

「もちろん、そうなんだけどね。何かしらの加工品が欲しいんだ。ヘル・アイランドに来ないと手に入らないような品物がね。次の来客も喜んでくれると思うから」

「たしかに、これからもっとたくさんのお客さんが来るかもしれないから、特産品があった方がいいわね。島の産業にもなりそうだわ」

父母は嬉々として語り合う。たった一組来客が来ただけで（しかも偶然）、少々大げさすぎやしないかね。こんな僻地《へきち》の島に、そんなたくさん客が来るだろうか。

「良い案じゃないか、アーサー。島の豊かさの象徴にもなると思うよ」

「私も賛成でございます。ぜひとも、特産品を作りましょう」

何はともあれ、父の言葉にみんな賛同する。さすがはシャープルズ家の大黒柱だ。ちゃんと島の発展を考えている。

「それで肝心の内容なんだけど、実はもう考えてあるんだ」

「あら、そうなの。ぜひ聞かせてちょうだい」

「仕事が早いじゃないか。良いことだよ」

「アーサー様は頼りになられます」

何を作るかまですでに考えていたとは。俺もこれくらい思慮深い人間になりたいものだ。どんな特産品を作ることになるのか楽しみだな……ちょっと待て！　しみじみしたところで、重大な事実を思い出した。俺の父親は……！

「リオの飴細工《あめざいく》を作るんだよ！」

「「おおお～！」」

……親バカじゃないか。特産品と言われた時点で気づくべきだった。この父が考えたら、俺に関する品になると決まっている。俺の飴細工……考えただけで気が滅入るな。いや、大丈夫だ。まだ確定したわけじゃない。きっと、さすがに母も反対するだろう。我が子が食べられるようなもんだからな。

「……アーサー、一言いいかしら？」

「な、なんだい、ロザリンド」

思った通り、母がスッ……と静かに手を挙げた。いつにも増して真面目な表情だ。ああ、よかった。反対してくれるんだろうな。母は島民からの信頼も厚い、立派なシャープルズ夫人だ。安心するも束の間、また大変な事実を思い出した。俺の母親は……！

「せっかくだから、完全再現しましょう！」

「「おおお～！」」

……親バカじゃないか。そうだよ。この父母は普通の両親ではない。親バカなのだ。しかも重度の。俺の飴細工なんて、作りたくてしょうがないはずだ。だが、父母には悪いが反対させてもらう。こんな特産品、恥ずかしさの極みだ。

「ま、まっちぇ！　リオのあめじゃいくなんちぇ、ほしぃしといるかなぁ（ま、待って！　リオの飴細工なんて、欲しい人いるかなぁ）」

父母に直談判する。神獣を三度も召喚してきたからか、だいぶ呂律が回るようになってきた。よし、これはよい兆候だぞ。どうにかして、親バカを事前に防ぎたいものだ。今はキーラさんもゼノスさんもいるからな。飴細工の製作には反対してくれるはずだ。

「何言っているんだい、リオ童。あんたの飴細工なんて、欲しい人だらけに決まってるだろうよ」

「さようでございます、リオ様。この世のどんな菓子も霞んでしまうような代物でございます」

「しょんなぁ……」

思いのほか、二人とも結構乗り気だった。いつもは辛辣な意見を述べるキーラさんまで。いや、まだ希望はある。ジルヴァラたちだ。

「み、みんなはどうぁの、はんちゃいじゃよね（み、みんなはどうなの、反対だよね）？」

さすがに神獣ズは反対するだろう。いくら俺が召喚したとはいえ、そこはマスターを立ててくれるはずだ。……いや、みんなは……！

『もちろん、大賛成よ。リオちゃんの可愛さが世界中に伝わるかもしれないでしょう』

『おいら、リオさんの飴食べたいっす！』

『僕もぜひ味わってみたいです。さぞかし、リオ君を堪能できるでしょう』

俺を慕ってくれているじゃないか……。彼女らが反対するわけがない。

「もちろん、リオも賛成だよな⁉」

「賛成よね⁉」

「えっ」

思い出したかのように、父母は身を乗り出す。その瞳はキラキラと大変に美しく光り輝く。

そう、まるで赤ちゃんのように澄んだ瞳……。

「はぃ……さんせいでしゅ」

『「おおお～！」』

大歓喜する一同。結局、俺は生後半年の赤ん坊に過ぎない。何も抵抗できない赤子なのが悔しい。結果、俺を模した飴細工の製作は着々と始まってしまった。

□□□

「次はリオの髪の毛を作るわよ～」

「すごいなぁ。まるでリオが小さくなったようじゃないか」

「本当にあんたは手先が器用だね」

シャープルズ家のリビングにて。母が超高速で握りハサミを扱う。もはや、速すぎて目で追えず、残像を追うばかりだ。無論、俺の飴細工――〝リオ飴〟（父母命名）の製作中だった。

母はわずか数分で作り上げる。

「できたわよ、アーサー。お願いできる？」

「ああ、もちろんさ。この美しき芸術品に彩りを与え給え……《カラーリング》！」

父が魔法を使い、色をつける。あら不思議。たったそれだけで、髪から瞳まで俺そっくりとなった。

『リオちゃんが小っちゃくなったみたい』

『ツヤツヤしてキレイッス！』

『リオ君が食べられるなんて幸せですね』

神獣ズも大喜び。ベースとなる水飴は、〈甘々さとうきび〉から取り出した砂糖から作った。〈甘々さとうきび〉は採っても採ってもジャングルのように育つ。そして、父母はこの数日ずっとリオ飴を作っているのだが、まったく疲れた様子を見せない。疲れるどころか、作れば作るほどパワーアップしている。

つまり、脇目もふらず大量生産の道を驀進中《ばくしんちゅう》なのであった。

「じゃあ、さっそくみんなで食べよう」

『『いただきま〜す……あんま〜い！』』

みんなはリオ飴を舐めると、途端に笑顔になる。見た目はともかく、島の特産品でもあるし、嗜好品《しこうひん》にもなりそうだ。

「ねえ、ロザリンド。リオにも食べさせてあげようか。ちょっとくらいなら大丈夫だろう」

「ええ、そうね。リオのおかげで作れたのに、食べさせないのはかわいそうだわ」

父母にリオ飴を差し出された。一瞬共食いという単語が浮かんだが、仕方がないのでぺろりとちょっと舐める。ふわぁっと優しく広がるおいしい甘み。菓子ではあるが人工的な風味は少しもない。甘くありつつ、草原を駆け抜ける風のような爽やかさだった。やはり、〈甘々さとうきび〉は特別な作物なのだろう。

味見したところでリオ飴の製作がようやく終わった。母が俺を抱っこし、みんなで外に出る。

今日もまた、タルパに島の土地を丈夫にしてもらうのだ。

「タルパちゃん、毎日大変で悪いけどよろしくね」

「本当に君がいてくれてよかったよ。おかげで、島の土は大変強くなった」

『お安い御用ッス！　でも、石はどうするッスか！』

「……そうだ、石問題があったんだ」

タルパの言葉に、父母は小さなため息をつく。タルパが土を耕す過程で、大量の石が出てきた。父母も島民も知らなかったが、この島の土壌はたくさんの石を含んでいた。それがヘル・アイランドの土地が脆《もろ》い主な原因のようだ。掘り返された石は一か所に集めているが、すでに小さな山を作るほどだった。

『たぶん、石は島の全域に埋まっているッス！』

「だとすると、今よりもっと増えるというわけか……」

「どうやって処理しましょうかしらねぇ……」

島の土地開発はまだまだ途中だ。畑と島民たちの居住区から始めているが、いずれはヘル・アイランドの全域を耕したい。海に捨てる選択肢もあったが、運ぶのも大変だしどうにか有効活用したいね、とみんなで話していた。土を耕すたび、また石が出てくる。それなら……。

「ぱぁ～、まぁ～！　リオがどぅにかすんぉ！（パパ、ママ！　リオがどうにかするよ！）」

母の腕の中で叫ぶ。今こそ、新しい神獣の出番だ！

「『またリオが神獣出してくれるの！』」

「うわっ！」

すかさず顔を寄せてくる父母。遠近法が強調され、巨人に睨《にら》まれているような気分になった。

「ほら、そんなに顔を寄せるとリオ童も怖がるよ」

キーラさんに言われるも、父母は俺を抱きしめる。何はともあれ、【神獣マスター】の準備を進める。

「しんじゅうかたろぎゅ！」

いつもの絵本を出現させる。今度はどんな神獣がいいかな。う～ん……石を食べちゃう神獣とか？　そんなことを思っていたら、自然とページがめくられた。ジルヴァラたちも嬉しそうに微笑む。

『この神獣だったら、どんなに石があっても関係ないわ』

『いくらでも食べるッス！　おいらなんか足元にも及ばないッスよ！』

『性格も優しいですし、よい仲間になれると思います』

みんなからもお墨付きを貰った神獣は、大きな亀だ。丈夫そうなエメラルドグリーンの甲羅、がっしりした両足、そして優しそうな垂れ目。性格が滲んだような表情だった。特別な力はこんな感じ。

【いわたベタートル：アムリー】
とくべつなちから：たべたいしを、こうらでとくべつないしにかえる
しょうひポイント：１２００ｐｔ
せいかく：たくさんたべる、のんびりやさん

どうやら、石を食べてくれるらしい。この状況を考えると、非常に助かる神獣だ。特別な石というのが気になるが、ジルヴァラたちを見ていると絶対に悪い石ではないと思う。そうと決まったら、ポイントの確認だ。

【神獣マスター】
○現在の親バカポイント：１０００ｐｔ

いつも、この…………微妙に足りないのは何でなんだ？　親バカを強制されているんだが。
だが、まぁ仕方がない。始めなければ何にもならんのだ。地面に下ろしてもらい、ハイハイす

る。

「カメしゃんのまにぇ～」

前世の小学生時代、遠足で訪れた動物園にいた大ガメを思い出しながらハイハイする。毎度のごとく父母は固まった。それはもう石像のように……。緊張でゴクリと唾を飲んだ直後、父母は鼻血を噴き上げのけ反った。

「「…………あふれる尊さ！」」

た、ただハイハイしただけでそんな……。父母は地面でピクピクと痙攣《けいれん》する。大丈夫だろうか。

［親バカポイントが８００ｐｔ貯まりました］

あっ、はい。一応、ポイントは貯まったようだ。父母の容態もまた、キーラさんの呆れた表情を見る限り、大丈夫そうで安心した。さっそく、神獣召喚だ。

「あむりー、いでよー」

神獣カタログが光り輝く。白い光が落ち着いたとき、目の前の地面に巨大な陸ガメが現れた。イラストと同じ、緑の甲羅にずっしりした両足。

『こーんにーちはー。あなたがリオリオねー。わたしはアムリー、こう見えても女の子よーよろしくー』

「よぉしくねー」

『やっぱり、実物の方が可愛いわー』

頭を擦りつけながら、のんびりとした口調で挨拶してくれた。神獣はみんな個性豊かで楽しいな。ゼノスさんが島民のみんなを呼びにいく。

「しゃっしょくでわぁいんだけど、おねがいきぃてくれりゅ？（さっそくで悪いんだけど、お願い聞いてくれる？）」

『もちろんよー。何をすればいいのかしらー？』

「いし、たべてほしいの」

片隅にある小さな石の山を指す。アムリーはたくさんの石を見ると、目がキラキラと輝いた。

『あらー、おいしそうな石がたくさんねー。見ているだけでお腹すいてきちゃったわー』

アムリーはのそのそと近づき、バリバリと食べ始める。結構硬そうなのに、煎餅を齧《かじ》るように食べてしまう。

彼女が食べていると、その甲羅に変化が起きた。表面にじわじわと小さな石がせり出してくる。しかも、ただの石ではない。どれもがルビーやサファイアを思わせる宝石のような輝きを放つ。

「あ、あの石はなんだろうね……ずいぶんと美しい石だが……」

「ええ……アムリーちゃんの能力かしら……」

いつの間にか、父母が俺を撫でながら話す。どうやら、親バカ世界から戻ってきたらしい。

アムリーの近くに連れて行ってもらい、彼女に聞いてみる。

「ねぇ、あむりー。こぉりゃのいしはなんのいし？（ねえ、アムリー。甲羅の石は何の石？）」

『それは全部魔石よー。わたしは食べた石を魔石にすることができるのー。大きくなったら自然に取れるから確かめてみてー』

「へぇ〜、ましぇき……」

ちょうど、甲羅の石がポロリと一つ取れて地面に落ちた。父が拾って手に取るが、徐々に顔面蒼白《がんめんそうはく》となる。

「こ、これは……ものすごく高純度の魔石じゃないか！　Aランクは下らないよ！　これだけで二か月は食事に困らないな！」

「え！　私にも見せてちょうだい、アーサー。……大変、なんて澄んだ魔力でしょう！　Aランクの魔石なんて、帝国が厳しく管理する〝ダル山脈〟からしか採掘できないのよ！」

俺は魔石について疎かった。だが、父母が説明しながら驚いてくれたので、そのすごさがよく理解できた。父母が歓喜する中、アムリーはのんびりと石を食べ続ける。カタログに書かれていたように、のんびりした性格のようだ。

やがて、ゼノスさんが島民を引き連れ帰ってきた。アムリーとすでに大量に生み出された魔石を見て、島民たちもまた驚きの声を上げる。

「また新しい神獣様がいらっしゃるぞ！　土壌から出てきた石を食べてくれているんだ！」

「今度は大きなカメさんだわ！　可愛い！」

「甲羅にはキレイな石がくっついてないか!?」

島民は魔石を見ては、また喜ぶ。魔石はどれもAランク以上で、中にはSランク（売るとシャープルズ家が一年は楽に暮らせる）の代物まであるようだ。みんなの生活が豊かになるといいな……。微笑ましく眺めていたら、島民たちは俺の前に集まった。

「またリオ様がスキルを使ってくださったのですね!?」

「う、うん……」

すごい圧。父母ほどではないが、彼らも極めてハイテンションな人物である。

「うおおおおお！　大神童リオ様あああ！」

歓声が島中に轟くわけだが、無事に石問題も解決できた。

□□□

「いやぁ、ヘル・アイランドはどんどん豊かになるなぁ。これも全部リオのおかげだ」

「そうね。私たちが楽しく暮らせるのは、本当にリオがいてこそよ」

「あたしもこんな豊かな土地は見たことがないね。下手したら、本土以上じゃないかい？」

父母たちは島を見渡して、嬉しそうに呟く。アムリーを召喚してから、もう二週間は経った。

相変わらず、タルパが土地を耕し、ジルヴァラが天気をコントロールする。おかげで、ヘル・フィールドは貴重な作物がグングン育つ奇跡の畑となった。父母やキーラさん曰《いわ》く、帝国本土でも見られないほど豊からしい。ネモスは島の周囲を見回りし、漂流者などがいないか確かめてくれる。

神獣たちのおかげで、当初は劣悪な環境だったヘル・アイランドも、今やすっかり様変わりした。ひとしきり見渡した後、父が言う。

「今日は港の方を歩こうか。そろそろ漁の時間だ」

「ええ、リオにも島の産業を見せてあげましょう。子どもの教育は早く始めるに越したことはないわ」

父母は俺を抱きながら港へ向かう。島の主な産業は、畑での農業と周辺海域での漁業。俺はまだ実際の漁を見たことがないので、どんな感じなのか楽しみだった。道中、ジルヴァラとタルパと合流する。

『リオちゃ～ん、どこいくのかしら～』

「みなちょのほうだよ～。おしゃかなしゃん、とるちょこみるぉ～（港の方だよ～。お魚さん、取るとこ見るの～）」

『私も一緒に行くわ』

『おいらもお供するッス！』

ジルヴァラの背中に乗せてもらい、タルパを握る。これもまた、俺のお馴染《なじ》みのスタイルとなっていた。空からはネモスが舞い降りる。

『リオ君、周りに異常はありませんよ。ただ、海流が結構荒れ始めました』

「かいりゅぅが？　しゃいきんおおいねぇ」

『天気はコントロールしているのにどうしてかしら……』

『この辺りの海は気分屋なんじゃないッスか！』

ジルヴァラが天候を改善してくれた後も、定期的に海は荒れた。港に着くと、島民たちが慌ただしく舟を陸に揚げている。湾の中は地形の影響もあって普段は波が穏やかだ。

しかし、今日はだいぶ荒れている。力強い波が押し寄せ押し寄せ、白波が立つほどに。海が荒れる主な原因は風のはずだが。みんなで空を見上げる。天気は晴れているし、風も弱いのに不思議だった。

ゼノスさんは俺たちに気づくと、小走りでこちらに駆け寄る。

「アーサー様、ロザリンド様。少々よろしいでしょうか」

「ゼノスか。今日も海流は荒れているみたいだね」

「はい。しばらくは漁が難しい状況です」

「みんなにも無理しないように伝えてくれ。舟が転覆でもしたら大変だ」

島民が使っている舟はどれも小さい。みんなで島の木を切り出して作ったらしい。この波では、本当に転覆の危険があった。

「皆にも漁には出ないよう伝えてあります。ですが……魚の備蓄が減ってきております。いかがいたしましょう……」

「ああ、備蓄の問題があったか……」

「昨日、私も食糧庫を見たけど、お魚はだいぶ減っていたわ」

ヘル・フィールドから作物はたくさん採れるものの、当たり前だが野菜類ばかりだ。それではお腹も満たされないし栄養も偏ってしまうので、島の食卓に海産物は欠かせなかった。父母たちも、島民の食生活をよくすることに大変な努力を払っていた。

「じゅるヴぁらのちからでも、うみはしじゅかにならない？」

『ええ、風や雨は問題ないはずなんだけど……どうして荒れちゃうのか分からないわ』

『ここまで来たら、神様にお祈りするしかないッス！』

『海流は風だけじゃなくて、海水の温度や塩分濃度、海底の地形も影響しますからね。諸条件が複雑に絡み合っているんだと思います』

「ネモスは博識だなぁ……」

父母に褒められ、ネモスは恥ずかしがる。彼が言うように、おそらく海底の地形だとかが影響しているのだろう。言い換えると、早急な解決が望めないということでもあった。

「しかし、困ったな。ジルヴァラでも無理だとなると、いつ漁に出られるか分からないか……。

川魚がいないか、島の奥地の探索範囲を広げてくれ。タルパに強化してもらった地盤に沿って頼む」

「必要であれば、保存食に回す分も料理に使ってね。今飢えては仕方がないもの」

一転して、父母はキリッとした顔で指示を出す。リーダーが慌てていては、島民にも動揺が広がるだけだと分かっているのだろう。

「とはいえ、しばらくは節約するしかないだろうね。ロザリンドはあたしらの分もたくさん食べな。あんたはリオのお乳を出さないといけないからね」

「そういうわけにはいかないわ。みんなで平等に分けましょう。あなたたちの健康も大事なんだから」

「ロザリンド様、本日の夕食は私の分も一緒にどうぞ。老いぼれなどより、明るい未来を待つ子どものために食料は使ってください。私は老い先短いゆえ、どうかご遠慮なさらず」

キーラさんとゼノスさんは夕食を譲るが、無論、母は断る。互いに想い合っていることが伝わるが、逆に島の食料問題を鮮明にする光景でもあった。だとすると、俺がやるべきことはたった一つだ。

「リオにまかせてん。じぇったいにおしゃかなしゃん、またとれるようにしゅるから」

「ありがとう、リオ。でも、頑張りすぎてないかい？」

「疲れていたら無理しなくていいのよ。パパとママに任せて」

子を想う父母の優しさが伝わる。でも、止めるつもりはない。体力だって万全だ。

「だいじょぶだよ。ぱぁんとまぁんのちからになりたいの。……しんじゅうかたりょぐ！」

空中にいつもの本が現れた。海を穏やかにする神獣はいるかな？　これもまたいつも通り、ページがペラペラとめくられる。数ページもめくられると自然と止まった。

ネモスのときと同じように、見開きいっぱいの巨大な神獣が描かれている。悠々と海を泳ぐ様子だ。深い蒼色の鱗は絵からも強靭《きょうじん》なことが分かり、大きな顎は大型船も一噛みで壊してしまいそうだった。それでいて、澄んだ瞳は優しそうで、見ているだけで気持ちが落ち着く。

今度の神獣は、海に住む伝説の生き物だった。

【すーぱーリヴァイアサン：マトイ】
とくべつなちから：うみをおだやかにする
しょうひポイント：３０００ｐｔ
せいかく：ものしずか

神話上の存在、リヴァイアサン。まさしく、海の支配者にふさわしい雄大な神獣だ。消費ポイントだって、他の神獣より一段と高い。特別な力も今の状況にピッタリ。問題は今のポイントだが……。

【神獣マスター】
〇現在の親バカポイント：1200pt

ぬぐ……結構足りない。この前、いつも微妙に足りないとか思ったせいか？　大幅に足りない必要はないんだぞ。とはいえ、ポイントを貯めなければどうにもならない。

「ぱぁん、まぁん。ちょっとほっぺだして？」

「なんだい、リオ」

「リオの言うことならなんでも聞くわよ」

父母は揃って頬を突き出す。この後どうなってしまうか心配だったが、控えめに唇をあてた。

「ちゅちゅっ」

母は俺をジルヴァラの背中に預ける。

「「…………尊死で昇天！」」

[親バカポイントが2500pt貯まりました]

父母は勢いよく倒れ、その口からふわぁ～っと柔らかそうな半透明の物体が出てきた。魂だ。

「ぱぁん、まぁんのたましぃがっ！」

『大変！　急いで捕まえないと天界に召されてしまうわ！』

『おいら、まだパパ君《ぎみ》ママ君と一緒にいたいッス！』

『僕だってそうです！　直ちに捕まえましょう！』

魂はふわふわと宙を漂う。天に向かって。魂には父母の顔が滲んでいるが、二人とも幸せそうに笑っていた。こっちは大変な騒ぎなんだが。

「アーサーとロザリンドは私たちに任せて、リオ童はスキルを使いな」

「このゼノス。命に代えてもお二方の魂を捕まえまする」

キーラさんとゼノスさんが、猛スピードで父母の魂を追いかける。神獣を超える速さに、二人の本気が見えた。ここはキーラさんたちに任せて、俺はリヴァイアサンを召喚しよう。

「まちょいよ、いでよー！」

神獣カタログが光り輝く。キーラさんたちが魂を父母の口に押し込めたところで、リヴァイアサンは召喚…………されなかった。目の前には、意識を取り戻した父母がぼんやりしているだけ。

「ほら、しっかりしな。リオ童がスキルを使ってくれたよ。せめて、新しい神獣の前ではキリッとしてほしいもんだね」

「う、うう～ん……天界はキレイなところ……」

「あぇ？　まちょいは？」

辺りを見回すも、やはりリヴァイアサンはいない。いつもならもう召喚が終わっているはずなのに。どうして……まさか、失敗したとか？　ポイントを確認すると、0だった。また親バ力させないとと思い少々気が滅入ったところで、神獣ズが言った。

『リオちゃん、安心して。マトイはちゃんと召喚されているわ。彼はもう海にいるの』

『土の上じゃ、さすがのリヴァイアサンも苦しいッス！』

『リオ君が失敗することなんてないですから。安心してください』

そうか、マトイはリヴァイアサンだ。俺たちがいるのは地面の上。たしかに、ここに召喚されるわけないか。

「ぱぁん、まぁん。うみいこー」

「あ、ああ……リオが……天使のリオが見える。ここは……天界か？」

「私たちは……まだ天界にいるのかしら……？　でも……この可愛さが堪能できるなら、それもいいかも……」

しばらく、父母はフラフラしていた。だが、キーラさんに尻を叩かれるとシャキッと復活してくれた。

「よし！　リオはリヴァイアサンを召喚してくれたんだよな！　さっそく見に行こうじゃないか！　ぼんやりしている暇はないぞ、キーラ！」

「こうしちゃいられないわ！　リオの新しい神獣なんて楽しみでしょうがないの！　キーラ、海はすぐそこよ！　急ぎましょう！」

「あたしはもう何も言わないよ」

父母は元気よく港へと歩を進める。俺もジルヴァラの背中に乗りながら後を追う。港は波が荒れていたが、リヴァイアサンは見えなかった。海の中にいるのだろうか。

「まちょい、いるのー？　でておいでー？」

海に向かって呼びかけてたら、ザザザ……と水が盛り上がった。間髪入れず、海水はパンと弾ける。現れたのは、天まで届くかと思われる巨大な海竜だった。カタログ以上の美しく青い鱗に、強そうな顎。

『初めまして……ボクはマトイ……。君がマスターのリオくんなんだね……まだ赤ちゃん……可愛い……』

マトイは呟くように話す。見下ろされる形にはなるが、決して怖かったり恐ろしい感情はない。むしろ、その優しい瞳の穏やかさに安心感さえ覚えた。

「はぁじましてー。おっきくてつよそうねぇ」

マトイは俺の近くに来て、体を触らせてくれた。鱗はひんやりしていて気持ちいい。

『ボクは……この辺りの海を……穏やかに……すればいいのかな……？』

「おねがいよー。うみしゃん、おこっちぇちぇたいへんなの」

『分かった……すぐに落ち着かせるからね……』

そう言うと、マトイは目を瞑った。辺りの静けさが増し、彼の体から蒼《あお》い波動が海に伝わる。

徐々に波は穏やかになり、湾の中は凪《なぎ》のような状態になった。

「しゅごーい！　これでおさかなしゃんとれるねぇ！」

『そ、そんな……褒めることじゃないよ……』

　パチパチと拍手すると、マトイは恥ずかしそうに喜んだ。穏やかになった海を眺める。これなら、島民たちも安全に漁に出られるだろう。安心するものの、異変に気づいた。やけに静かなんだが……。そっと後ろを見たら、父母が激しく抱き着いてきた。

「リオはなんてすごい赤ちゃんなんだ！　リオのおかげで海が穏やかになった！　リオは海の支配者だったんだ！」

「そうよ！　リオを前にしては、海も言うことを聞かざるを得ないってことなの！」

「「うおおおお！　大神童リオ様は海をも操るんだあああ！」」

　大歓喜の一同。嬉しそうで何より…………なのだが、みんなは一つ大事なことを間違えている。

「かいりゅぅをあんていしてくれたのは、まちょいなんだけど……」

　例によって、俺の声は誰にも届かない。だけど、そんなことはどうでもいいんだ。海流が安定したので、島民たちは舟を出してさっそく漁に向かう。親バカを強制されても、声が届かなくても、島の暮らしが豊かになればそれでいいのであった。

□□□

「リオの頬っぺは吸いつく手触り～。人類の宝がここにある～」

「我が子の可愛さは人類共通～。堪能したくば我が島に来たれ～」

「変な歌を歌うんじゃないよ」

父母に頬擦りをされては愛でられる毎日。最近、父母は俺の歌を歌うことにハマっている。色々と作詞を考えては練り上げていた。できれば止めてほしいのだが、俺は別に気にしない。何だかんだ、今だけだと思う。

ましてや、正式な島歌が作られるなんて、そんなことはあり得ないのだから。

『リオちゃんの素敵な歌ね。いくらでも聞いていられるの』

『おいらも一緒に歌いたいッス！』

『可愛さだけじゃなくて、島への貢献度も歌詞にしたらどうですか？』

『わたしはー。リオリオのー天使感をー表現したいわー』

今では神獣もだいぶ増えた。ジルヴァラ、タルパ、ネモス、アムリーにマトイ。マトイはいつも海の中にいるけど、それ以外の神獣はだいたい俺と一緒に過ごしていた。周囲の人に愛され、もふもふと過ごす……前世ではとうてい叶わなかった毎日だ。

突然、父が頭を抱えながら言う。

「しまった、僕としたことが。今日はまだ海にリオを見せていないじゃないか。リオの可愛さこそが海にとっての栄養なのに」

「マトイちゃんにも見せてあげないと。リオを待ちわびて、干からびてるかもしれないわ」

母に抱かれ、港へと連行される。海の栄養分はプランクトンやミネラルが主成分で、俺の可愛さではない。そして、マトイはいつも海の中にいるので干からびることはない。そのうち、ネモスに命じて世界中を飛び回り、俺は人々に見せつけられるハメになるんじゃないかと、内心恐怖していた。

「さあ、海よ！　リオの可愛さを堪能したまえー！」

「今ここに、人類の愛息リオを示すー！」

父母は俺を抱え上げ、海に向かって見せびらかす。無論、何の反応もないのだが、父母はそれだけで満足していた。ザザザ……と水が盛り上がり、マトイが顔を出す。

「マトイもリオを見に深海から来たんだね。リオの可愛さは海の底にまで伝わるというわけだ」

「リオの可愛さは何十キロメートル先まで届くのか、いつかきちんと調査したいものね」

『うん……ボクも気になるところだね……』

マトイは物静かだが、すでに父母の対応を心得ていた。親バカを披露されたときは、静かに聞き流すことを。

『それより、リオくん……大きな船が来たよ……』

「ふーねー？」

『あそこ……』

マトイは北東の方角に頭を向ける。そちらの方を見ると、小さな黒い出っ張りが見えた。いや、出っ張りというよりは点だ。父母とキーラさんも気づいたようで、揃って不思議そうに眺めていた。だいぶ距離があるが、〈ビジョンブルーベリー〉のおかげでみんなの視力は著しく向上しているのだ。父母は当主の顔に戻り、険しい声音で言う。

「たしかに、何か見えるね。今度も行商人の船かな。遭難していないといいんだが」

「ヘル・アイランドに上陸するかもしれないわ。少し様子を見ましょうかしらね」

周辺に島らしい島はないと聞く。アニカさんのときみたいに、船が沈みそうだったら大変だ。しばらく眺めていると、徐々に点が大きくなってきた。だいぶスピードが速いようだ。ジルヴァラたち神獣ズも、やや表情が硬くなった。マトイはぶつからないように、海の底へと姿を隠す。

『私が思うに、あれは軍用船ね。じゃないとあんなにスピードは出ないもの』

『おいら、軍隊怖いッス！　船の上では、モグラが主食と聞いたッスよ！』

『たぶん嘘《うそ》の情報だと思いますよ。そもそも、モグラはあまり食されません』

「たるぱはたべられないよ」

タルパは俺の手の中でプルプルと震えていたが、撫でていると落ち着いた。そうこうしているうちに、船はもう港の目の前だ。木造の巨大な帆船。マストは全部で四本で、丈夫そうな布は何層にも連なり風を受けている。船の横からは何本もの大砲が覗く。やはり、みんなが言うように軍隊の船だった。

しかし、破損は見られず、状態は至って良好に見える。難破船ではないようで、俺たちはホッとした。帆船が港に停泊すると、デッキにオジサンが現れた。口に手を当て、こちらに呼びかける。

「貴殿らはこの島の住民かね⁉　申し訳ないのだが、立ち寄らせてもらってもいいだろうか⁉　燃料が切れてしまって困っているのだ！」

「ええ、もちろん構いません！　どうぞ、島へ上陸ください！」

「かたじけない、助かるぞ！　皆の者、上陸の準備だ！」

父が代表して答えると、帆船からタラップが降ろされた。ぞろぞろと同じ服を着た人が何人も降りてくる。紺色のカチッとしたジャケットに、白い長ズボン。ジャケットは金色で装飾されており、服の上からも鍛え上げられた肉体が見える。強面の人ばかりだし、一目見て行商人などの類ではないと分かる。

彼らは海軍だ。緊張する俺たちを前に、ビシッと整列する。総勢十人くらいだろうか。先頭のオジサンが前に進み出た。

「我らはヴィケロニア魔導帝国所属、第一魔導艦隊である。私は船長のレオポルトだ。この島の島主に話がしたいのだが」

「島主はこの私、アーサー・シャープルズでございます。魔導艦隊のお噂《うわさ》はかねがね聞いておりますよ」

レオポルトさんは短く刈り込んだ焦げ茶の髪が強そうな印象だ。キリッとした細い目は鷲《わし》みたい。年は四十代かな。

「我らは巡回任務の帰りなのだが、先ほども申した通り、燃料が底をついてしまってな。このままでは帝国に帰れないのだ。そこで、誠に恐縮だが燃料を分けていただきたい」

「お安い御用です、レオポルトさん。どのような燃料をご所望ですか？」

「ああ、それが少々厄介なのだが……シャ、シャープルズ殿！　その獣たちは何かね⁉」

レオポルトさんはジルヴァラたちに気づくと、驚きの声を上げた。神獣なんて普通は見ることもできないのだろう。

「彼らは神獣のみんなです。この島の開拓を手伝ってくれているんですよ」

「し……神獣……だと……？」

『よろしくお願いしま～す』

「海の底にはリヴァイアサンもいますよ」

「なにぃ～⁉」

マトイが海中から姿を現したところで、神獣ズは揃ってペコリとお辞儀する。フェンリル、モグラ、ドラゴン、リヴァイアサン……（カメのアムリーは森で石を食べている）。一度に見るには刺激が強すぎたようで、レオポルトさんたちは顔が引きつっていた。

「シャ、シャープルズ殿。どうしてこんなに神獣がたくさんいるのだ……？　というより、神獣そのものを私は初めて見たのだが……」

「よくぞ聞いてくれました！　これも全て、我が息子リオの素晴らしい力のおかげなんです！　僕たちの息子は天才なんですよ！」

「リオには他の誰も持っていないスキルがありましてね。なんと、神獣を召喚するスキルなんですの。レオポルトさんたちも聞いたことがないでしょう？」

父母は待ちかねたように俺を見せびらかす。レオポルトさんたちに。しばらく、親バカの嵐に見舞われた後、レオポルトさんはどうにか言葉を挟むことができた。

「こ、こほんっ、話を本題に戻そう。この船は〝プリンセス・ヴィケロニア号〟と言う。皇女様のご誕生を祝って造船された船だ。魔導艦隊という名の通り、我らの船は〝魔導船〟である。帆もあるにはあるが、主な原動力は魔石なのだ」

「魔石でございますか。それはまた特別な燃料ですね」

「積むだけでも大変そうですわ」

「いかにも。おまけに、この船の魔石炉は特殊な構造をしていてな。Aランク以上の魔石でないと効率的にエネルギーを生成できないのだ。その分、スピードは素晴らしいのだがな……」

レオポルトさんはため息交じりに話す。父母は顔を見合わせると、さらっと告げた。

「Aランク以上の魔石なら大量にありますよ？」

「それこそ、あまるほどありますわ」

「な、なに？　そんなに大量にあるのか？」

「ええ、あるんです」

そうだ。ヘル・アイランドには、アムリーが作ってくれたたくさんの魔石があるのだ。あれだけあれば、大きな魔導船の燃料も補えると思う。半信半疑の様子のレオポルトさんたちを連れ、俺たちはアムリーのところへ向かうことになった。

「さあ、魔石を集めている場所までご案内します。どうぞ、僕たちについてきてください」

「道中、リオの功績をご説明しますわ」

「は、はぁ……」

父母はレオポルトさんたちを引き連れ、島の奥へと向かう。歩く時間を利用して、母は兵隊さんに俺を抱かせる。赤子を抱かされるなんて、いい迷惑だと思うのだが……。皆さんも疲れてらっしゃるだろうし。

「いやぁ、可愛いなぁ。これが赤ちゃんかぁ。どうして、こんなに頬っぺたがぷにぷにしているんだい？」

「癒やされるぅ。乗船している間は赤ちゃんなんて触れないもんなぁ。疲れた体に染み渡るよ」

「今度の仕事から、赤ちゃんの絵を船に飾ることにしよう。辛い航海でも、毎日が楽しいことこの上ないさ」

部下の方々は嬉しそうに俺を撫でては愛でる。皆さんの怖そうな顔は崩れ、デレッとした人懐っこい顔になった。思いのほか、好評だったらしい。しばらく屈強な男たちの中を右に左にと忙しなく移動していたが、不意にレオポルトさんが厳しい顔で振り向いた。

「君たち、何をやっているのかね」

「も、申し訳ありません、船長。その……赤ちゃんを勧められまして……」

赤ちゃんを勧められる、というなかなか聞かないセリフを聞き、レオポルトさんはさらに硬い表情になった。ま、まずい……怒られるか……⁉　その場にいる船員たちの誰もがそう思ったとき、レオポルトさんは静かに告げた。

「私にも抱かせたまえ」

一同はホッとし、俺はレオポルトさんの手に渡る。部下たちより一段と筋肉を感じた。レオポルトさんは俺を撫でる。不思議な言葉とともに。

「きゃわきゃわきゃわきゃわ……」

なんだそれは。非常に乙女な声音。顔からはとても想像つかない言葉を口にしながら、レオポルトさんは俺を撫でる。やっぱり、この人もいい人だった。

ひとしきり俺が海軍の手に渡った後、一行はヘル・フィールドに到着した。まるでジャングルのように豊かに繁栄した畑。レオポルトさんたちは目が点になった。

「シャープルズ殿、この畑はいったいどうなっているので……？　見たこともない貴重な作物ばかりではありませんか」

「この島は悪天候が続いていたこともあって、元は雑草も生えないようなひどく痩せた土地だったんです。でも、天気を操るフェンリルのジルヴァラが長い嵐を収めてくれました」

「土を耕してくれたのは、モグラ神獣のタルパって言いますの。小っちゃくて可愛いでしょう？　この畑はリオと、神獣ちゃんたちの努力の結晶なんです」

父母は誇らしげに語る。いつもは親バカの毎日だが、きちんと当主夫妻の顔だった。島の繁栄の歴史を嬉しそうに話す二人は、俺の誇りでもある。レオポルトさんは父母の話を聞くと、しきりに感心していた。

「リオ殿はそんなに素晴らしいスキルをお持ちだとは……。帝国海軍でも他に類を見ないでしょう。そもそも、神獣自体非常に珍しい存在です」

「僕たちも親として誇らしいんです。できれば、帝国中に説明して回りたいくらいですね」

「この島では大神童と呼ばれてますわ。なるべく愛しすぎないようにはしているんですけど、どうしても我慢できないんですの」

「きっと、お二人の愛情が強かったから、そのような強力なスキルを手に入れられたのでしょう」

父母の話を、レオポルトさんは温かい表情で聞く。やがて、アムリーが石を食べている場所に着いた。ヘル・フィールドから五分ほど歩いたところだ。美しい魔石がこんもりと小さな山になっている。島の生活では使う機会が少ないので、持て余し気味だったのだ。

小山の前で止まると、レオポルトさんたちの感嘆の声が聞こえた。

「ほ、本当にこんなにたくさんあるのですね。こりゃあ、たまげました」

「レオポルトさんたちの船に使えそうな魔石があればいいんですが」

「使えそうも何も……全てAランク以上の純度ですよ。本土の鉱山でもこんな大量には採掘できないでしょう……。これだけあれば、確実に本土へ帰れます」

「それならよかったです。僕たちも安心しました」

レオポルトさんたちはため息交じりに魔石を触る。手が震えていたので、相当な衝撃のようだった。

「この魔石も神獣殿が用意してくれたのですかな？　よろしければお礼を述べさせてください」

「魔石を出してくれたのは、アムリーという大きなカメの神獣です。たぶん、この辺りにいると思うのですが」

ちょうど、木の陰からアムリーがのそのそとやってきた。いつも通り、バリバリと石を食べている。

「あのこがあむりーだょ」

『こーんにーちはー。あなたたちは誰ー？』

「アムリー、この方たちは帝国海軍の軍人さんなんだ」

『あらまー』

父が事情を説明する。アムリーもまた、魔石を提供することに賛成だった。燃料問題に目途がつき、船員の皆さんから微笑みが零《こぼ》れる。父母はというと、何やらこそこそしていた。

「レオポルトさん。魔石以外にも、ぜひお持ち帰りいただきたい品があるんですよ」

「ええ、ヘル・アイランドの特産品でございますの」

「ほぅ、それは何ですかな？」

父母は得意げに告げる。その様子を見て、俺は胸が騒がしくなった。繰り返すが、得意げにだ。父母がこんな表情をするときは一つしかない……もしや！

「ぱぁん、まぁん、まっちぇ！」

「『リオの飴細工、その名もリオ飴でーす！』」

どこに隠していたのか、父母はバッ！　とリオ飴を出した。俺を模した精巧な飴細工。しかも全員分。抵抗する間もなく披露されてしまったわけだが、別に問題ない。厳しい海軍に務める皆さんは、子供騙《だま》しの菓子など興味がないだろう……というのは、見当違いも甚だしかった。

「『うおおおおお！　リオ殿の飴細工だぁあ！　可愛いいいい！』」

地鳴りのような大歓声。魔石を見たときより喜んでいませんかね？

特に、レオポルトさんはきゃわきゃわと乙女のように喜んでいた。彼らが島に来てからずっと、どこか張りつめていた空気が和らいだとき、レオポルトさんが何の気なしに言った。

「失礼だが、シャープルズ殿。この島は何という名前だったかね？」

「あっ、ヘル・アイランドです」

父母が告げた瞬間、レオポルトさんは固まった。つたり……とその顔に汗が伝う。な、なんだ、この反応は。

「も、もしかして、絶海に浮かぶ奈落と言われるあのヘル・アイランドですか⁉」

「「えっ」」

決死の形相でレオポルトさんが叫ぶ。彼に続くように、部下の人たちも次々と悲鳴に近い声を上げだした。

「この世の終わり、絶望の島と呼ばれるヘル・アイランドォ⁉」

「上陸したら歩くことはおろか、意識すら失ってしまうヘル・アイランドォ⁉」

「えっ」

やはり、我らがヘル・アイランドの評判は海軍の中でもすこぶる悪いようだ。逆に、ここまで恐れられていたら清々しい気持ちになる。レオポルトさんたちはしばらく騒いだ後、真剣な表情に戻った。

「こほんっ、失礼。では、この魔石をいただいてもよろしいかな？　あいにくと礼を渡せるような状況ではないのだが」

「構いませんよ。好きなだけお持ちください。お礼も特には要りませんので」

「ありがとう、シャープルズ殿。このご恩は決して忘れぬ。もちろん、リオ殿とアムリー殿にも感謝申し上げる」

レオポルトさんは俺の小さな指をそっと握った。温かい人柄が伝わり、俺も彼らの無事を案じたくなる。

「きぉちゅけてかえってね」

「……きゃわわっ！」

乙女な声音で感激してから、レオポルトさんは部下に指示を出す。結局、魔石は半分ほどがプリンセス・ヴィケロニア号に搬入された。出航の準備が終わると、すぐに出発となった。港でレオポルトさんたちをお見送りする。

「シャープルズ殿、島民たち、そして大神童リオ殿よ！　誠に世話になった！　このご恩は絶対に返させてもらう！」

「リオ殿ー！　また頬っぺた触りにきますからねー！　あまり成長しないでくださいー！」

船員たちはデッキから身を乗り出して手を振る。晴れやかな表情から、無事に任務を遂行できるという安心感が伝わってきた。船が見えなくなるまで手を振ってくれ、レオポルトさんたちは海へと消える。父母も満足そうで俺も嬉しかった。

「帝国海軍の第一艦隊なんて、軍の中でもかなり上級の部隊だぞ。きっと、リオの可愛さを皇女様にも伝えてくださるだろう。今日をもって、海軍はリオの虜《とりこ》になったというわけだ」

「リオは軍隊の癒やし赤ちゃんになっちゃうわね。みんなが夢中になって、今すぐ会いたくなっちゃうような存在……う〜ん、なんて言えばいいのかしら」

異世界ではアイドルと言います。何はともあれ、海軍の皆さんも笑顔で帰っていただけた。

間章：大神童

「皆の者、本土が見えてきたぞ！　停泊の準備をせよ！」

レオポルトの嬉しそうな号令がデッキに響く。船の先には見慣れた陸地が見えた。待ちかねた本土の港に着いたのだ。

「また帝国の土を踏めるなんて……もう二度と帰って来られないと覚悟していました！」

「やっと……やっと、帰って来られたんですね！　俺たちの故郷に！」

「海の藻くずにならなくて済んだんだ！　また家族と一緒に過ごせるぞ！」

レオポルトに続き、船員たちは喜びの声を上げる。船にいる誰もが、ヴィケロニア魔導帝国への帰還を待ちわびていた。リオたちは知らなかったが、プリンセス・ヴィケロニア号は予期せぬ潮流の変化により航路から大きく外れていた。燃料の魔石も底をつき、帝国への帰還は絶望的だった。もちろん、レオポルトは不測の事態を見越して、燃料はいつも十分量積んでいた。

だが、今回に限っては遭難の危険に陥った。モンクルから提供された魔石の質が、予想以上に悪かったのだ。全てAランク以上と聞いていたものの、実際は四割ほどがBランク以下だった。そのため、予定のスピードが出ずに航行は困難を極めた。

――ヘル・アイランドが見つからず、シャープルズ殿、リオ殿たちに出会えなかったら今頃は……。

　レオポルトは想像しただけで背筋が凍る。船員たちをみすみす殺すところだった。皆の命を預かる船長として、レオポルトはずっと不安を抱いていた。だが、それも今この瞬間までだ。港には海軍の仲間だけでなく、船員たちの家族も見える。プリンセス・ヴィケロニア号の帰りを出迎えてくれたのだ。その光景を見て、レオポルトはより気持ちが昂ぶり、ひと際大きな声を上げた。

「よーし、波止場まではもう少しだぞ！　船をぶつけないよう注意して止めろ！」

「「はいっ！」」

　プリンセス・ヴィケロニア号はゆっくりと船着き場に近づき、無事に停泊した。船員たちが家族に走り寄るのを、レオポルトは温かい気持ちで眺めていた。

□□□

「ご苦労だったな、レオポルト。お主らが無事に帰還して、我も安心した」

「ありがたきお言葉をありがとうございます、リリアン閣下。さすがの私も、今回ばかりは死を覚悟しました」

　プリンセス・ヴィケロニア号が帰還した日の夜、レオポルトはリリアンに謁見していた。船員たちの無事を知らせるためと、リオたちに出会ったこと、そしてモンクルの魔石について報告するためだ。

「ヘル・アイランドにたどり着けてよかったな。あの海域には他に島がない」

「リリアン閣下のおっしゃる通りでございます。まさしく、死の瀬戸際でございました。そして、件《くだん》のヘル・アイランドですが、地獄の島などという表現は間違っております。あそこは天国の島と言った方が正しいです」

「そうか……キャット・ゲット・バウト商会のアニカ殿らも同じような話をしていたぞ」

「誠でございますか⁉　ああ、リオ殿の功績を他に知る者がいるとは……。ぜひ、私からもお話しさせてくださいませ。島の豊かさは目を見張るのですが、何よりリオ殿の可愛さは天下一品なのです。精巧な飴細工もいただいたのですが、あいにくと全て食べてしまいまして……」

レオポルトは嬉々としてヘル・アイランドの素晴らしさを話す。土地の豊かさから始まり、人々の温かさ、神獣という非常に珍しい存在……そして、リオの可愛さを。

「これがヘル・アイランドで採取された魔石です。見てくださいませ、リリアン閣下。どれも恐ろしく純度が高いのです。しかも、大量に確保されていました。それこそ小さな山ができるほど」

「これは驚いた。帝国直営の鉱山より質がいいじゃないか」

魔石を持ち、触り、リリアンは驚く。その質の高さに。

基本的に、彼女はレオポルトの話を楽しく聞いた。リオ以外については。やはり、彼女にとって赤子は興味を引く存在にはなり得ない。とはいえ、ヘル・アイランドには強い興味を持ち、いずれ訪れてみたいと思っていた。

「……皆に大事がなくて本当によかった。先ほど、燃料不足で遭難の危機に陥ったと言っていたな。海賊にでも遭遇したのか？」

「いいえ、遭遇しておりません。モンクル公爵から提供された魔石の質が悪かったことが原因でございます」

「……魔石の質が悪かった？」

初めて、リリアンは顔をしかめた。モンクル公爵は海軍の支援提供者だ。しかし……嘘をついていたということか？　まだ正確なことは分からないものの、裏付けるように、モンクルの評判はあまりよくなかった。

「全てAランク以上ということでしたが、四割ほどがBランク以下だったのです。そのため、航海計画が大幅に崩れました」

「……ふむ、聞き捨てならんな。詳しく話せ」

「はっ！」

レオポルトは詳細を話す。リリアンは魔石について、モンクル家の調査を命じるのであった。

間章：ワシの評判が少しずつ悪くなるのだが？（Side：モンクル）

「さて、モンクル公爵。今日来てもらったのは他でもない。プリンセス・ヴィケロニア号に提供した魔石の件についてだ」

「は、はぃ……」

ここは皇帝の間。玉座にはリリアン様。冷徹極まる瞳でワシを見下ろしていた。今すぐここから逃げ出したかったが、できるはずもない。周りは何人もの衛兵で囲まれているのだ。

「レオポルトから聞いたぞ。貴様から提供された魔石の四割がBランク以下だったとな。おかげで、プリンセス・ヴィケロニア号は航行不良となり、船員たちは遭難の危機に陥った。レオポルトには全てAランクの魔石以上だと説明したようだな」

「リリアン様、それより興味深い情報が手に入りましてね。ぜひ、ご紹介したいのですが、なんと世界最深の海溝〝キナガ海溝〟に沈んだとされる大昔の財宝船が……」

「話を変えるな」

「うっ……」

最後まで話すことなく、リリアン様の冷たい声で遮られた。さ、さすがは第一皇女。ワシの高度な話術をもってしても、話題をすり替えることはできなかった。

「貴様がついた嘘により、我の大事な帝国海軍は甚大な被害が生じるところだった。貴様の罪は重いぞ、モンクル公爵」

「ま、まさか、私も魔導船が動かなくなるとはまったく想像もできず……」

「プリンセス・ヴィケロニア号はAランク以上の魔石でないと航行不良に陥る。事前に知っていたはずだ」

まずいことに、魔石をチョロまかしていたことがバレてしまった。ここまで影響が出るとは思わなかったぞ。

「モンクル公爵。なぜ嘘の説明をし、レオポルトたちを騙した。理由を話せ」

「あ、いや、それは……」

「それは？」

まるで、喉元にナイフを突きつけられているような圧迫感だ。それでも、ワシは決めた。何があっても絶対に言わないと。今こそ、ヴィケロニア魔導帝国三大公爵家当主、モンクル・ギャリソンの意志の強さを見せるときだ。

「言わなければ拷問にかける」

「経費削減のためです……」

圧力に負け、あっさりと白状してしまった。海軍からも相応の対価はもらっていたが、つい欲が出てしまったのだ。なぜか衛兵がじりじりと近寄り、ワシを拘束する。

「リ、リリアン様、これはいったいどういうことですかっ。なぜ拘束をっ」

「脱走する危険性があるためだ」

「だ、脱走などするはずもございませんっ！　ワシは……いや、私はリリアン様に強い忠誠心を持っております！」

「信用ならん」

そ、そんな……。ワシはすっかりリリアン様の信頼を失ってしまったようだ。結婚の可能性がグングン下がる。

「モンクル公爵、貴様の処遇を告げる。一つ、今後海軍はおろか他の軍隊にも一切の物資を提供するな。一つ、一か月の謹慎処分とする。一つ、貴様の領地の四割を没収する」

「…………え？」

リリアン様から告げられた処分の数々。とうてい、そのどれも受け入れられない。国軍への物資提供は家の豊かさを示す。中断なんて、周りの貴族からバカにされるに決まっている。さらに、領地の四割を没収？　四割って何パーセントだ？　…………四十パーセントじゃないか！　とんでもない大損害も甚だしい。さすがにまずいぞ、これは。

しかも、自宅謹慎になった三大公爵家など聞いたこともない。親の言いつけを守れなかった子どものようではないか。三大公爵家のプライドがズタボロになる。何としても撤回してもらわねばっ。

「リ、リリアン様、処罰が三つもあるのは多すぎるかと……。せめて領地の没収は一パーセントに……」

「断れば監獄行きとする」

「全て受け入れます」

ちくしょうが。不本意極まりなかったが、甘んじて受け入れることにした。せめて、監獄行きだけは避けたい。

「レオポルトたちがヘル・アイランドにたどり着いていなければ、貴様は確実に監獄行きになっていた。シャープルズ家、そして彼らの赤子に感謝するんだな」

「…………え？」

リリアン様が呆れた調子で言った。その言葉に、ワシは強いショックを受ける。

「へ、ヘル・アイランド……がどうしたのですか？　シャープルズ家がなぜ……？」

「レオポルトたちに上質な魔石を提供してくれたのだ。そのおかげで、プリンセス・ヴィケロニア号は帰還できた。さあ、もう話すことはない」

淡々と言うと、リリアン様は立ち去った。茫然自失《ぼうぜんじしつ》したまま、ワシは皇帝の間から連れ出される。しばしぼんやりとしていたが、徐々に怒りが湧いてきた。

「そうかぁぁぁあ！　シャープルズ家ぇぇぇぇえ！　赤子ぉぉぉお！」

憎きアーサーとロザリンドの顔が思い浮かぶ。あの者たちの策略に違いない。ワシはハメられたのだ。赤子とやらは会ったことがないが、こいつも関わっているはずだ。床を激しく殴る。痛い。手が腫れた。これもあいつらのせいだ。シャープルズ家の謀略によって、ワシはこのような災難に遭ったのだ。そう考えると辻褄《つじつま》が合う。

——ああ、可哀想なワシ……。

己の辛い境遇を思うと胸が張り裂けそうだ。この日から、ワシは紙にシャープルズ家への怨み言を書き連ね、ヘル・アイランドの方角に貼り付けるようにした。

第四章：上空から

「ロザリンド、レオポルトさんたちはリオの飴をちゃんと食べてくれただろうか。味を堪能して、皇女様に伝えてもらえると嬉しいんだが」

「どうかしらね。もったいなくて飾っているかもしれないわ。海軍の本部とかに」

「ふむ……それならそれでいいな」

「どちらもよくないね」

レオポルトさんが去ってから約一か月後、島の生活は平穏そのものだった。神獣ズもそれぞれ思い思いに過ごしている。ジルヴァラは俺を背中に乗せ、タルパは俺の手の中。ネモスは空の見回りをしたり、俺たちと一緒に散歩もした。アムリーは石の集積場で石を食べ、マトイは海の中で眠ることが多い。

畑で採れる作物はもちろんのこと、周辺で取れる魚もガラリと変わった。海流が安定して、魚の種類も変わったのだろう。以前は痩せた小魚ばかりだったが、今では海の栄養がギュッと詰まった魚がたくさん捕れる。どんな魚かというと……。

「アーサー様、ロザリンド様！　今日もすごい魚が捕れましたぞー！」

港の方角からゼノスさんが駆けてくる。大きな壺《つぼ》を携えて。魚の尻尾が見えるので、大漁だったのだと分かる。ゼノスさんは俺たちの前に来ると、嬉しそうに魚を地面に並べた。

「ロザリンド、リオを抱えていてくれ。急に魚が生き返ってリオに噛みつこうとするかもしれない」

「ええ、もちろんよ。でも、お魚もきっとリオが可愛くて触りたくなるのだろうから……」

「そうか。それはそれで……」

「よくないよ」

キーラさんのツッコミを聞きながら魚を眺める。俺はまだヘル・アイランドを出たことはないが、どれも作物以上に価値のある食材だと分かった。

〈サーベル太刀魚〉

レア度：★8

説明：サーベルのごとく、非常に鋭利な肉体を持つ太刀魚。大昔は食用ではなく、乾燥させて武器として使われた。肉が美味なことに気づかれ、以後高級魚に転身を果たす。

〈シェルター貝〉

レア度：★7

説明：金属より硬い殻を持つ貝。身には海の栄養が凝縮されており、大鍋でも一つ入れただけで味の濃いスープができるほど。

〈オクトパスイカ〉
レア度：★9
説明：前からはタコに見え、後ろからはイカに見える生き物。常に深海の高水圧に耐えているため、肉が引き締まっている。超絶美味。

〈鈴々《りんりん》シュリンプ〉
レア度：★8
説明：大人の手の平ほどある大きなエビ。卵は揺れるとリンリンと鈴のように鳴り見つかりやすいので、自然界では生存が困難。生で食べるのがおすすめ。

〈オメデ鯛《たい》〉
レア度：★10
説明：一口食べると、一年間幸福が訪れると言われるとても貴重な鯛。ぜひ、姿焼きで食べたいところ。

どれもこれもすごい魚たちだ。表面はツヤツヤしているし、目は透き通っているので、本当に獲れたてなんだな。これが島民たちの食卓に並ぶと思うと俺も嬉しい。ちなみに、俺はまだ食べられない。なぜなら、赤ちゃんだから。

『おいしそうなお魚がいっぱい。リオちゃんも食べられるといいのにね』

『おいら、今日の夜ご飯が今から楽しみッス！』

神獣ズも島の野菜や魚を食べる。アムリーは石だけど。タルパはモグラなのでミミズとかを食べているのかと思っていたが、島民たちと同じ食事を所望した。虫は気持ち悪いようだ。ゼノスさんはひとしきり感動を伝えると、魚を持って港へ戻った。

「いずれ、飴細工以外にもリオの料理を作りたいね」

「赤ちゃんでも食べられるスープなんてどうかしら。リオの形に切り抜いた魚のつみれが入っているとか」

「リオ童はまだお粥《かゆ》くらいしか食べられないからね」

父母は楽しそうに話す。共食いの機会が増えそうだ。

ふいに、ジルヴァラの耳がピクリと動いた。彼女はいつになく厳しい顔で告げる。

『リオちゃん……戦いの音が聞こえるわ』

「ちゃちゃかい？」

辺りはいたって静かだ。そよ風がなびき、草が揺れる音しかしない。見える範囲では、海の上で戦闘もなかった。だとすると……。

『リオ君、大変だ！　上空で人間たちがモンスターの群れに襲われているよ！』

ネモスが空から舞い降り、慌てた様子で言った。

「ぱぁん、まぁん！　おしょらでちゃちゃかいだって！」

「今度は空だって⁉　……くっ、日差しが眩しいな」

「たしかに、何かが飛んでいるみたい！」

俺たちは注意深く上空を見る。鳥のような黒い影が何体も飛び交っていた。ちょうど雲の隙間から太陽が覗いており、逆光で見えにくい。それでも、大きな鳥がドラゴンみたいな生き物に襲われている様子が分かった。

「なんだろぉねぇ」

「ここからじゃよく分からないな。モンスターの縄張り争いか？」

「モンスターだとすると、だいぶ大きそうね。離れていてもなんとなく大きさが分かるわ」

空では上下左右と激しく両者の位置が入れ替わる。どうやら、一対一の戦いではなく、複数対複数の戦いのようだ。

みんなでハラハラと見ていたら、鳥が一羽フラフラと地上に向かって落ちてきた。巨大なアホウドリみたいな鳥だ。不時着するように、ドサリと力なく倒れる。そして、その背中には……。

「うっ……」

「「大丈夫ですか⁉」」

人間だ。ゴーグル付きの飛行帽を被った女性が乗っていた。帽子の下の髪は、チリチリした赤毛。女性は俺たちに気づくと、切羽詰まった表情で告げた。

「わ、私たちは〝渡りの民〟というものです！　上空でワイバーンの襲撃を受けてしまいました！　お願いです、助けていただけませんか⁉」

「渡りの民⁉　さらにワイバーンですって⁉」

父母とキーラさんは激しく驚く。ドラゴンみたいな生き物はワイバーンだったのか。渡りの民なんて初めて聞いたが、彼らが何者かは後で聞こう。今はワイバーンを追い払わなければ。

「ねもしゅはおいかえしちゃりできない？」

『ごめんなさい、リオ君。僕は移動が専門で、戦闘は得意じゃありません。だから、あんな強力なモンスターを撃退するのは難しいです』

「しょうかぁ」

ネモスはドラゴンだけど戦闘はできないようだ。カタログにも『バトルはにがて』と書いてあったもんな。騒ぎを聞きつけ島民たちが集まると、父母はキビキビと指示を出した。

「みんな、聞いてくれ。上空で渡りの民がワイバーンに襲われている。まずは、漁で使うモリを持ってくるんだ。他にも武器に使えそうなナイフや鍋を用意してほしい。僕たちで助けるぞ」

「魔法が使える人同士で二、三人のグループを作って。力を合わせれば大きな魔法攻撃が使えるわ。撃ち落として地上で仕留めるの」

島民たちは駆けだした。父母の下、みんなが結託する。島民は全部で十五人ほどいるから、数の差でワイバーンを倒せるかもしれない。だが、ひとたび戦闘が始まれば怪我人が出かねない。大事な父母や島民が傷つくのは絶対にイヤだ。今こそ、チートスキルの出番だ。いつしか、俺は思うようになっていた。俺のスキルは人を助けるためにあると。

今度は強い神獣が必要だ。ワイバーンを追い払えるくらい強くて、空も飛べる神獣！　カタログが自然にめくられ、とある神獣のページが開かれた。

【つよつよグリフォン：エーデル】
とくべつなちから：つよいつめとてあしをもつ
しょうひポイント：４２００ｐｔ
せいかく：けだかい

ワシみたいな頭と羽にライオンのような胴体。キリッとした瞳からは、イラストからでも気高さが伝わる。グリフォンだ！　空も飛べるし、何より強そう。ポイントも高いから、きっとワイバーンなんて一撃で倒せるぞ。今のポイントはどうだ⁉

【神獣マスター】
○現在の親バカポイント：３７００ｐｔ

あと５００ｐｔか。早急に貯めなければ。親バカポイントもそうだが、その前に俺も戦いの意志を示したかった。上空のワイバーンに向けて両手をかざす。

「わりゅいのわりゅいのとんでけぇー！」

念じながら叫ぶと、俺の両手からぽっ……と小さな魔力の弾が出た。すぐ消えてしまったが、戦闘の意志は示せたと思う。では、さっそく親バカを……と思ったら、父母はすでに固まっていた。

「「…………これ以上ないほどの味方！」」

［親バカポイントが８００ｐｔ貯まりました］

父母の絶叫とともに親バカポイントが貯まってくれた。鳥に乗ってきた女性は唖然としているが、後は神獣を召喚するだけだ。

「えーでるよ、いでよー！」

カタログから白い光が放たれる。輝きが収まると、俺たちの前には大きなグリフォンがいた。全長三メートルくらいかな。本で見るより強い威圧感を覚える。グリフォンは俺の近くに来ると、見下ろすようにして言った。

『吾輩《わがはい》はエーデルと申す者。貴殿が吾輩のマスター、リオ氏か？』

「ぅ、ぅん、そうだよ……ましゅたーのりお……」

『赤子……』

なんだか、今までの神獣とは雰囲気が違うな。たしかに気高さを感じる。でも、きちんと頼めば力を貸してくれるはずだ。

「えーでる、おねがぃ。おしょらのわるいワイバーンおいかえして」

『無論。貴殿らはこの場で控えたまえ』

エーデルは淡々と言うと、勢いよく空に飛び上がった。反動で土煙が舞うほどの勢いだ。

エーデルが向かうと、上空の大きな黒い影がどんどん地上へと飛んできた。ワイバーンが俺たちに気づいたのだ。

凶悪な表情、鋭そうな牙、血走った眼……。子どもが見たら泣きそうなくらい怖い顔ばかりだな。恐ろしい声を上げながらエーデルに襲いかかる。

『ガアアアアッ！』

ワイバーンは全部で三体だ。エーデルを取り囲み、上下左右から攻撃を仕掛けた。右にいるヤツが噛みつく。

『我らがマスターの島で暴れたこと、心より悔いるがいい』

『ゴァッ⁉』

エーデルはひらりと攻撃を躱《かわ》し、鋭い爪でワイバーンの胴体を切り裂いた。そのまま、流れるように残り二体も返り討ちにする。ワイバーンの群れは逃げるように彼方へと帰っていった。

「人を襲うような悪いモンスターには、リオの可愛さは教えてやらないぞー！」

「リオの可愛さを堪能したければ、もっと行儀よいモンスターになりなさいー！」

父母は空に向かって説教する。ワイバーンを見送ったところで、襲われていた鳥たちが舞い降りた。全部で五羽。その背中には、女性と同じように人間が乗っている。こっちも五人だ。

先ほどの女性を先頭に、俺たちの前でお辞儀をする。

「助けていただいてありがとうございました。私はナターシャと言います。申し上げた通り、私たちは渡りの民です。助けていただけなければ、今頃どうなっていたことか……」

「大変でしたね。僕はこの島の島主、アーサー・シャープルズといいます。こちらは妻のロザリンド」

「初めまして、ロザリンドです。皆さん、お怪我がないようで安心しましたわ」

父母はナターシャさんたちと握手を交わす。渡りの民についても教えてくれた。各地を旅している流浪の民族で、出会うことはとても珍しいそうだ。旅の間に得た知見や経験を、後世に代々伝承していく歴史があるとも。

「それにしても、本当に助かりました。私たちは渡りの民を代表して、ヴィケロニア魔導帝国の皇女様に謁見する道中だったんです」

「えっ、そうなのですか⁉」

「途中深い霧に巻き込まれ、仲間とはぐれてしまったんです。仲間はすでに帝国に到着していると思いますが」

渡りの民は帝国本土に行く予定だったのか。仲間とはぐれて大変だろうに。でも、漂着したのがヘル・アイランドでよかったと思う。父母は顔を見合わせた。

「ナターシャさん、この島も帝国領なんですよ。本土からはだいぶ離れていますがね」

「だから安心してください。皆さんが本土へ行けるよう、私たちが精一杯援助いたしますわ」

「なんと！　ここは帝国領だったんですか！　……いやぁ、ありがたい。地理関係もまったく分からなくなってしまいまして、ほとほと困っていたんです」

帝国領と聞いて、ナターシャさんたちの顔に笑顔があふれる。離れてはいるが、本土までの道を教えてあげれば飛んでいけるだろう。

「すみませんが、この島の名前は何でしょうか？」

「ええ、それは、ヘル・アイラ……」

「ちょっと待ってください。それより先に聞きたいことがありました。私たちを守ってくれた不思議な生き物たちはいったい……？　私たちは各地を旅してきましたが、初めて見ました」

神獣ズのことだ。今さらだが、ここにはジルヴァラ、タルパ、ネモス、そしてエーデルの四体が勢ぞろいしている。極めて摩訶不思議《まかふしぎ》な光景だ。経験豊富そうな渡りの民でさえ、緊張した様子でいる。

「彼らは僕たちの大事な仲間の神獣たちです。落ち着いて聞いてくださいね？　……全部、我が息子リオがスキルで召喚したんですよ！」

「まだ生後七か月なんですけどね、もうスキルが使えるんです。私、この子は天才だと思うんですの」

待ちわびた様子で父母は俺を差し出した。ナターシャさんは真顔でテンションが低い。まぁ、他人の赤子を抱かされたところで別に……って感じだもんな。

「息子さんですか……。それよりも神獣たちの話をもっと……あら！　プリティベイビー！」

乗り気じゃなさそうだったのに、ナターシャさんは俺を抱いた途端満面の笑みになった。満足そうな父母。

「おお～、よちよちよちよち～。リオって言うんでしゅね～」

「まずはリオを抱きながら休んでください。お食事もご用意しましょう」

「作物も魚もおいしいものばかりですわ。ぜひ、島の食材をご堪能ください」

父母は一行をシャープルズ家に連れていく。ナターシャさんの腕に抱かれながら、俺は不安に思う。まさか……俺のフルコースなんてことはないよな？　一瞬頭をよぎったが、すぐにあり得ないと思い直した。フルコースなんてさすがにない。せいぜい、デザートにリオ飴が出てくるくらいだ。

□□□

「さあ、どうぞ好きなだけお召し上がりください。これは〈パワフルえんどう豆〉と〈滋養キュウリ〉のサラダです」

「こっちは〈オクトパスイカ〉のから揚げですよ～。〈鈴々シュリンプ〉のアヒージョもありますからね～」

シャープルズ家の応接間は、すでに食堂の様相を呈していた。次々と運び込まれるレア食材の数々。そのどれもが宝石のごとく輝きを放つ。ナターシャさんたちは島を訪れてから、一番衝撃を受けた顔だった。

「伝承でしか聞いたことがない作物ばかりではないですか……。〈パワフルえんどう豆〉、〈滋養キュウリ〉、〈オクトパスイカ〉……まさか、生きているうちに拝めるなんて」

「一生に一度食べられるか否かのお料理……」

「ど、どれもこれもとんでもない希少性ですね。このテーブルの料理だけで、ゆうに三年間は暮らせる価値がありますよ」

口を揃えて感嘆の言葉を放つ。父母のジャンジャン食べてください、という言葉を合図に、ナターシャさんたちは揃って料理を口に運ぶ。

「それでは、遠慮なくいただきます……」

あ～ん、と一口食べた瞬間、ナターシャさんたちはピタリと止まった。な、なんだ？　例のごとく、不気味な間が空く。何が始まるのかと戦々恐々とするわけだが、今回始まったのは食レポだった。ナターシャさんたちは食器を置き、額に手を当てながら真剣な表情で感想を述べる。

「私は〈パワフルえんどう豆〉を初めて食べましたが、これはもはや豆ではありませんね。かといって、肉でもないし魚でもない。まさしく、神の豆。天界より授かった贈り物という表現が正しいでしょう」

「俺が食したのは〈鈴々シュリンプ〉。弾ける身からあふれだす旨《うま》みで、体中の疲れが吹っ飛ぶな。こんなのを味わってしまったら、俺はもう戻れない」

「〈オクトパスイカ〉はタコであってイカでもある。このから揚げを食べて痛感しました。僕の中でタコとイカの概念が一新されるほどの衝撃。未来永劫、この痛烈な印象を忘れることはないでしょう」

皆さん、大変に語彙力豊富な食レポを披露してくださる。怒涛《どとう》の如く放たれる絶賛の言葉の数々。しょ、食レポが得意なのかな。

「ナターシャさんたちは食事の感想を言うのが得意なんですか？」

「まるで詩を聞いているような感覚ですわ」

父母も似たような印象を抱いていたらしい。これが親子ということか。ひとしきり感想を述べた後、ナターシャさんが代表して答えてくれた。

「私たち渡りの民は、旅する間に出会った食事を特に重視しているんです。食べることは生きることそのもの。食の感動を次世代に伝え継ぐのです」

「「へぇ～」」

「それにしても、これほどおいしいお料理を食べたのは初めてかもしれません」

渡りの民は意外とグルメな方たちだったらしい。彼女らの食事を見て、俺も明るい気持ちになる。喜んでくれたのもそうだが、何より懸念が解消されたのだ。俺のフルコース。やはり、製作は困難を極めたのだろう。父母には悪いが俺は嬉しい。いやぁ、よかったよかった。

安心した瞬間、ゼノスさんが銀色のドームみたいな蓋が被さった料理を運んできた。台車に乗せて、ガラガラと。おまけにやたらとでかいのだが？　父母の目のきらめきを見て、さらにざわざわと胸が騒ぐ。

「さあ、皆さん！　本日のメインディッシュが参りましたよー！　僕たちの思いが結集した料理です！　味はもちろん、見た目が一番のアピールポイントです！」

「きっと、一生忘れられないと思いますわ。ぜひ、見て楽しんで、味わってくださいませ」

「「なんだなんだなんだ」」

ワクワクするナターシャさんたち。あいにくと、俺はすでにある種の覚悟を決めていた。見た目が一番とか、見て楽しんで、とか言っていたからな。ゼノスさんが清々しいくらいのドヤ顔で、シャラァァァンッ！　と優雅に蓋を外す。現れたのは言うまでもない。

「〝リオのパイ焼き〟でーす！」

「「おおお〜！」」

色々誤解されそうな名前とともに現わになったのは、パイ焼き。その名の通り、俺のパイ焼きだ。飴細工ほどではないものの、これもまた大変に精巧なデザインだった。

髪の毛はちゃんと切り込みが入っているし、目は〈ビジョンブルーベリー〉かな。全身ではなく顔だけだが、その分細かいところまで再現されている。デフォルメチックなのがなかなかに可愛い。ナターシャさんたちは、我先にとリオのパイ焼きに飛びつく。

「では、いただきま〜す……」

口に入れた瞬間、彼女らが固まるのも俺は知っていた。予知能力ではない。経験上の知見ってヤツだ。

「ああ〜……外はカリカリ、中はふんわり。この食感はまさに、軽やかなワルツのよう……。リオ殿と舞踏会で踊っている気持ちでございますよ」

「海の幸と山の幸、一度に両方味わえるパイじゃねえか。どこまでも続く大海原と、高くそびえる山々……。俺にはその美しい景色が見える」

「何といっても、この造形が素晴らしいですね。食べちゃいたいくらい可愛いリオ殿を、本当に食べた気持ちになれます」

わいわい盛り上がるナターシャさんたちと、得意げな父母。結果として、フルコースではなかった。密かに懸念していた、俺をイメージしたフルコース……ではなかったのだが、このやるせなさはなんだ。

ナイフを入れられ、フォークで刺され、口に運ばれる俺、俺、俺。自分が食われているような光景は何とも言えない。これは実際に経験してみないと分からないと思うな。共食いしないで済んだのが不幸中の幸いだろうか。まだ赤ちゃんでパイなんて食べられないから。

ナターシャさんはお腹をさすりながら感想を話す。

「いやぁ、まさかリオ殿のパイ焼きが出てくるなんて……大変な美味でした」

「皆さん、落ち着いて聞いてください。実は……デザートもあります！」

「「おおお～！」」

父の言葉に、さらに場はテンションが跳ね上がる。父は母と顔を見合わせると、奥の部屋に引っ込んだ。待つこと、数十秒。

「デザートはなんと……リオ飴でーす！」

追い打ちをかけるように俺の飴細工が運び込まれる。それはもうたくさん。

「リオもパイ焼きや飴細工を食べてもらって嬉しいだろう？」

「みんな本当においしそうで私たちも嬉しかったわねぇ？」

「う、うん……しょうね……」

みんなはとても楽しそうだ。それはもう本当に。彼らの楽しさに、水を差すなんてことはできないのだ。

□□□

「このたびは本当にありがとうございました。おいしいお食事をいただいた上に、こんなにお土産もいただいてしまって。渡りの民を代表して、心よりお礼を申し上げます」

労いも終わり、ナターシャさんたちが帰る時間となった。鳥たちも十分休めたようで、羽を動かし準備している。

「いえいえ、僕たちも楽しかったですから。どうぞお気をつけて」

「またいらしてくださいね。いつでも歓迎しますわ」

突然の訪問者ではあったけど、島のみんなはナターシャさんたちが好きだった。いつの日か、また会えることを願って別れの挨拶を交わす。ナターシャさんは俺を抱き、爽やかな笑顔で告げた。

「じゃっ、私たちはこれで」

「「ちょっーと待ってください！」」

「はい？」

ポカンとしたナターシャさん。父母はサッと俺を回収した。

「リオは返してもらいますからね」

「私たちの大事な息子ですので」

「いやぁ、すみません。可愛くてついつい、はははは」

父母の抱きしめる力が強くなる。ナターシャさんはあっさりしているかと思いきや、俺を攫《さら》っていきかねなかった。念のため、父母はいくらかリオ飴を渡す。ナターシャさんたちも満足したようだ。一行は鳥に跨《また》がる。

「では、私たちはこれで失礼しますねー！　また必ずお会いしましょー！　リオ殿もまたねー！」

「まちゃねー！」

「どうかお元気でー！　今度は他の皆さんもご一緒にどうぞー！　リオは連れ去らないでくださいねー！」

空へと羽ばたく彼女らを見送る。渡りの民の皆さんも、笑顔で帰っていただけた。

間章：語り継ぐべき出会い

「リリアン皇女殿下。本日は謁見の機会を賜り、深く感謝申し上げます」

「我もお主らに会えて嬉しいぞ、渡りの民たちよ」

「ありがたき幸せ」

ヘル・アイランドを発ったナターシャたちは、無事に帝国本土に到着していた。今はリリアンと謁見の最中である。渡りの民が訪れたのは実に三年ぶり。両者は久しぶりの再会を喜んでいた。

「道中、霧に包まれてしまいましたが、そのおかげで私たちは得難い経験をしました」

「それは大変だったな。得難い経験とは？」

「ヘル・アイランドを訪れたことでございます」

ナターシャの言葉を聞き、リリアンは興味深げな顔となる。

「ほぅ、ヘル・アイランドか。最近、帝国海軍もその島を訪れたのだ」

「誠でございますか⁉　これはまた奇遇なことで……」

「地獄の島という評判が覆えされるほど豊かになっているらしいな。シャープルズ家にも褒美を渡さなければ」

リリアンもまた、ひどい島が今はどれほど栄えているか気になっていた。モンクル公爵が島流ししたことはまだ知られていないので、未だシャープルズ家は辺境を開拓したいという志の高い一家、という認識だ。

「ええ、私たちもまさか最初はヘル・アイランドとはとうてい思いませんでした。お食事をいただいたのですが、大変に貴重な珍味ばかりなのです。〈パワフルえんどう豆〉と〈滋養キュウリ〉のサラダに始まって、〈オクトパスイカ〉のから揚げが……」

ナターシャたちは楽しんだ料理の数々を話す。彼女たちの豊富な語彙力もあり、シャープルズ家たちが振舞った料理のおいしさは十分に伝わった。

「……しかし、ヘル・アイランドはリオという赤子が発展の中心にいるようだな。海軍の人間も同じようなことを言っていた」

「スキルももちろんすごいのですが、これがもう本当に可愛いのです。リリアン閣下もぜひ、会われてみてはいかがでしょう」

「いや、我はあまり赤子が好きではないのでな。島を訪問するとすれば、シャープルズ家の功績を見るためだろう」

「さようでございますか」

やはり、リリアンは赤子があまり好きではない。か弱い存在というものを、どうしても認めることができなかった。そう、それを見るまでは。

「ちなみに、リオ殿とはこのような方です」

「だから、我は別に……」

ナターシャは差し出す。リオ飴を。それが、決定的だった。リリアンの目に飛び込んでくるリオ・シャープルズの飴細工。ただの菓子ではない。精巧に作られた飴細工だ。つまり、小さくなったリオがリリアンの手に握られていた。

「……ナターシャよ。これは……なん……だ？」

リリアンは震える手と声で尋ねる。彼女にとって、かつてないほどの衝撃だった。赤子の可愛さ、そして尊さは。単純なリオの可愛さももちろんだが、精巧な姿形によりわずかながらも効力を発揮してしまった。アルテミスの加護、無条件の寵愛が。結果、一目見た瞬間、リリアンはリオを己の息子だと誤認してしまった。

「そちらがリオ殿です、リリアン閣下。といっても、精巧な飴細工ではありますが。本当によくできております。まさしく、実物通りですよ」

「はわぁ……ごほん！　ご、ご苦労だったな、渡りの民よ。下がってよいぞ」

「それでは、私どもは失礼いたします。リリアン閣下、貴重なお時間を賜り誠にありがとうございました」

「はわぁ……」

ナターシャたちは皇帝の間から立ち去る。謁見を終え緊張から解放されたこともあり、彼女たちはリリアンの変化に気づかなかった。

一人残ったリリアン。彼女は、ジッと手元のリオ飴を見つめる。こんなに愛おしい存在を見たことはない。今すぐに、会いたくなった。視察と称して、空挺騎士団を率いてヘル・アイランドに行くのだ。リオきゅんに会いにいくために。自分の息子、リオきゅんに会うために。

さっそく皇帝の間を出て、兵舎への通路を進む。リリアンは自覚していなかったが、あふれる母性にもう耐えられなかった。十歩も歩かぬうちに、老執事がどこからか現れた。彼はリリアンの邪魔をしないよう、常に最適のタイミングを見計らう達人である。

「リリアン様、失礼いたします」

「なんだ」

「モンクル公爵がお詫《わ》びの品をお持ちしたいとのことですが」

「いらん」

「かしこまりました」

モンクルは先日の〈ギガントニンニク〉の件で、リリアンに詫びようとしていた。お詫びの品は〈腐乱腐《ふらんふ》レシア〉。ラフレシアをよりグロテスクにしたような、不気味で巨大な花。レア度★8の貴重な品ではあるが腐臭が強く、やはりこれも贈答品には適さない。モンクルに贈り物のセンスはなかった。

リリアンは空挺騎士団の下へと向かう。兵舎の扉を開け放った瞬間、騎士たちは整列し敬礼をした。騎士団はリリアンを含め、総勢十五人。戦闘用に調教した中型ドラゴンに乗り、制空権を掌握する精鋭部隊だ。男女比はちょうど一対一。団員たちは十八歳から四十五歳まで、幅広い年代が揃っていた。帝国内はもちろん、近隣諸国にもその実力は轟いている。

「「おはようございます、リリアン様！」」

「今からヘル・アイランドへ行く。チーム・サン、準備しろ。チーム・ルナは待機だ」

「「はっ！」」

空挺騎士団は突然渡航を告げられても動揺しない。日々、厳しい訓練を積んでいるのだ。彼らはさっそくドラゴンの準備を済ませ、空に羽ばたく。

――待っててね、リオきゅん！

リリアンは空挺騎士団を引き連れ、ヘル・アイランドへ飛び立つのであった。愛しの息子……と思い込んでいる、リオきゅんに会うために。

間章：海賊を送ってやれ！（Side：モンクル）

「なぜ、リリアン様はお会いしてくださらないのだ！」

「お忙しいとのことでございます」

永遠とも思われる自宅謹慎を終えたワシ。王宮の前で、リリアン様の執事と言い争っていた。リリアン様にお詫びの品を持ってきたのに、通そうとしないのだ。立ちはだかるのは、片眼鏡をかけた静かな老執事。いくら会わせろと言っても、決してどこうとしなかった。

ワシは屋敷から運んできたとっておきの花を見せる。紫色の斑点模様が全体に浮かんだ、血のように赤い巨大な花。直径三メートルはある。中央は深く窪《くぼ》んでおり、それこそ赤子が入ったら二度と出られないような不気味さだ。

「世にも珍しい〈腐乱腐レシア〉だぞ！　リリアン様も一目見れば気に入ってくださるはずだ！」

これは亜熱帯地域でしか採取できない大変に貴重な花だった。とんでもない大枚をはたいてどうにか入手した。しめて五百万エルル。だいたい、ワシの娯楽費半年分くらいだ。領地の四割が没収されたので、正直言って無視できない出費ではあった。

だが、これも全てはリリアン様の機嫌を直すため。結婚の可能性が少しでも高まるならば、逆に安いというものよ。この老執事も度肝が抜かれているはずだ。

「いらないとおっしゃっておりました」

眉一つ動かさずに言われた。腹立たしいことこの上ない。

「いいから、早くリリアン様に会わせろ！　この〈腐乱腐レシア〉を献上するのだ！」

「お引き取りくださいませ」

「ワシの手にかかれば、お前をクビにすることもできるんだぞ！」

「お引き取りくださいませ」

老執事はまったく微動だにしない。クソッ、どうすればいいんだ。無理矢理押し入ることもできるが、こいつの後ろには衛兵が控えている。ワシの方が捕まることは明白だった。

「……ねぇ、あちらにいらっしゃるのはモンクル公爵ではなくて？　謹慎期間が終わったようですよ」

「一か月もご自宅にいたら、さぞかし外の空気がおいしく感じられるでしょう。羨ましいことですわ」

「リリアン様に大変に怒られたらしいですわ。三大公爵家ともあろうお方は、私たち庶民には考えも及ばないことをされるのですね」

通行人どもがコソコソとワシの陰口を叩く。噂はすでに帝都中に広まっていた。自宅謹慎になった三大公爵家の当主（六十）。貴族も庶民も、嬉々としてこの話題をする。楽しくてしょうがないのだろう。ワシは恥をかくことをもっとも嫌う。シャープルズ家への恨みは増すばかりだった。

「……あっ！　もしかして、あの人たちは……」

「おお、珍しいな。帝都に来ていたんだ」

「私、見たのは初めてですわ。ついていますわ〜」

シャープルズ家に恨みの念を送っていたら、通行人どもが騒がしくなった。ワシが出てきた王宮の入り口を見ている。ぞろぞろと若者の一行が現れる。先頭にいるのは赤毛の活発そうな美女。みな、特徴的な飛行帽とゴーグルを頭に被っていた。

――渡りの民だ！

気持ちが昂る。予定より少し遅れた到着と聞いていたが、こんなところで会えるなんて、やはりワシは運がいい。渡りの民は世界各国を飛び回り、各地の食事や貴重な史実を伝承に残す。彼らが語り継ぐ対象となるのは、大変に名誉なことであった。

この機会に少し自己紹介しておこう。ワシはヴィケロニア魔導帝国が誇る三大公爵家の当主。渡りの民にとっても、ぜひ伝承に残したい男だろう。

「ちょっと失礼いたします。渡りの民とお見受けしますが？」

「ええ、いかにも。私たちは渡りの民です」

「私は三大公爵家の一角、モンクル・ギャリソン公爵でございます。以後お見知りおきを」

「はぁ、そうなんですか。先を急ぎますので失礼」

せっかくこのワシが話しかけたというのに、渡りの民一行は大して嬉しそうでもない。それどころか、歩きのスピードが速くなった気がする。彼らの目指す先は宮殿広場だ。そこに移動用の鳥が休んでいる。クソッ、このまま終わってなるものか。

「予定より遅れて到着されたそうですね。さぞかし、大変な旅だったのでは？　どうでしょう、私の屋敷で一休みでも。そうだ！〈ギガントニンニク〉の串焼きをご用意できますよ！　臭いは強いですが、一口食べれば疲れがたちまち……」

「いいえ、お構いなく。道中立ち寄ったヘル・アイランドで大変素晴らしい接遇を受けたので。疲労も〈滋養キュウリ〉と〈パワフルえんどう豆〉のサラダで完全に消え去りましたから」

「……え？」

何の気なしに告げられた言葉に、一瞬思考が固まった。な、なぜ、あの島の名前が？

「へ、ヘル・アイランドに行かれたので？　あの地獄の島に？」

「地獄どころか、大変に豊かな島ですよ？　三大公爵家のご当主ならご存じだと思いますが。世にも珍しい作物や海産物、高品質の魔石。そして、伝説の神獣たち。何と言っても、可愛い赤ちゃんがいるんですけどね。彼は神獣を召喚するスキルがあるんですよ。それがもうすごくて……」

渡りの民はワシが自己紹介したときより楽しそうに話す。ヘル・アイランドでの体験を。しかも、またシャープルズ家、そしてリオという赤子のことも褒めていた。

憎い一家が称えられたい人間に、目の前で逆に称えられる。これほど腹立たしいことはない。

「私たちはこれからもヘル・アイランド、そしてリオ殿のことを伝承しようと思います」

「へ、ヘル・アイランドのことなどより、ぜひこの私モンクル・ギャリソンを伝承してください」

「いやです。さようなら」

即答で断ると、渡りの民たちは鳥に乗って颯爽《さっそう》と飛び立ってしまった。ポツンと一人寂しく残されるワシ。すかさず、冷笑してくる通行人ども。

その瞬間、決めた。繰り返すが、ワシは恥をかくことをもっとも嫌うのだ。もう許さない。今までは昔の好《よし》みで手加減してやった。だが、それもここまでだ。シャープルズ家断罪の準備を進める。とある人物に手紙を出し、ワシは海近くの別荘に向かった。

□□□

「おい、あいつらはまだなのか」

「も、もうじきいらっしゃる頃かとっ」

ここは海が間近に見える別荘。本邸にも勝るとも劣らずともいえる豪奢《ごうしゃ》な館だが、ワシは応接間でイライラと待っていた。約束の時間をもう三十分も過ぎている。そのまま待つこと十五分ほど。ようやく待ち人たちが現れた。

応接間に入ってきたのは、総勢十人ほどの男たち。全員がこの場にふさわしくない下品な服装だった。どいつもこいつも髪はボサボサで、髭《ひげ》も伸び放題。礼儀の欠片もないような、汚い男たちが部屋に入る。本来なら、領地に入れることも許さない者どもだ。しかし、今回に限っては仕方がなかった。

「なんか高そうな物がいっぱいあるぜ。ちょっと持って帰るか」

「ええい、やめろ！　部屋の中の物を触るな！」

男どもは、応接間に入るや否やベタベタと調度品を触る。こいつらは〝パイレーツ海賊団〟。帝国からAランクの特定危険集団に認定された海賊たちだった。貨物船を襲い、港を襲い、財宝を略奪する極悪人の集団である。

目撃したら、すぐ騎士団に知らせるようお触れが出されているが、ワシは報告しない。これから裏取引を交わすのだ。

わざわざ海辺の別荘で会ったのもそのためだ。この辺りはギャリソン公爵家のプライベートビーチなので、騎士団もいない。これ以上ないほどよい環境だ。

シャープルズ家の謀略により自宅に監禁されていた間、ワシはどうやってあいつらに復讐《ふくしゅう》するか考えていた。結果、思いついたのだ。極悪な海賊に島を襲わせることを。

ただ一人、三角帽子を被った男が前に出て話す。

「遅れちゃってすみませんねぇ、旦那ぁ」

「待ちくたびれたぞ。何をやっていたんだ」

「まぁまぁ、そんな怒らないで。これでも有名人なんでね。衛兵に見つからないよう注意しなきゃならんのですわ」

海賊団の船長、デニズ。無造作に伸ばした顎髭はモミアゲと繋がり、熊のように毛深い。右目には眼帯を巻いているが、左目は狐《きつね》のような狡猾《こうかつ》な印象だ。腰に下げた大きなサーベルが、こいつらは海賊なんだとより強く実感させた。

いつまでも応接間にいられては部屋が汚くなりそうだったので、さっさと用件を伝える。

「貴様らに頼むことは襲撃と略奪だ。とある島を襲ってほしい」

「まさか、俺たちの生業が依頼の内容とはな。愉快な話だ。それで、島とはどこだい、旦那？」

「ヘル・アイランドだ」

「ほぅ……あの地獄の島か。面白そうじゃねえか」

ヘル・アイランドの名前を出しても、デニズたちはまったく怖じ気づかない。怖じ気づくどころか、楽しそうにニヤリと笑っていた。さすがは海賊といったところか。まさしく、この計画にピッタリの人材どもだな。

「ヘル・アイランドには、シャープルズ家という子爵の一家が本土から移り住んでいる。名前はアーサーとロザリンド。こいつらを殺すのだ」

「おいおい、説明はそれだけかよ。せめて、肖像画とかはないのか？　貴族だろ」

「島には一家とその使用人しか住んでおらん。人が住める地域も限られているので、行けば分かるはずだ」

「ふーん」

「いや、待て。妻の方の肖像画はあった。こいつだ」

密かに入手したロザリンドの肖像画を机から出す。本当ならワシの妻になるはずだった女だからな。どの屋敷にも常備してあった。デニズたちは色めき立つ。

「へぇ！　美人じゃねえか！　殺すにはもったいねえな！　こんな美人と結婚するなんて、その夫にイライラしてきたわ」

「そうだろう、そうだろう。元はと言えば、ワシと結婚するはずだったのだ」

「いや、それは知らんが」

ぞんざいに言われ腹が立つ。適当に返答してよいことではない。ワシの人生に関わる内容だぞ。契約金を下げてやろうと思ったが、ふと思い出した。

「ああ、そうだ。忘れておったわ。シャープルズ家にはリオとかいうムカつく赤子もいるらしい。こいつもついでに殺せ。間違っても情に絆《ほだ》され見過ごしたりするんじゃないぞ」

「見くびってもらっちゃ困るなぁ、旦那。俺様たちは赤子も黙るパイレーツ海賊団ですぜ？

泣く前に殺してやりますよ」

「赤子だからと言って、絶対に絆されるんじゃないぞ」

「はいはい、分かったから。ククク……俺の愛刀も、初めての赤子の血を味わいたくてしょうがないみたいだ」

デニズは腰の太いサーベルを引き抜く。赤子はおろか、大人の首でさえ一振りで切り落とせそうだ。

「それより、ちゃんと残りの報酬も用意しておけよな」

「ああ、もちろんだ。シャープルズ家の首と引き換えに交換だ。気をつけろ、ヘル・アイランドには神獣という特別な生き物がいるらしい」

「問題ないさ。俺様の船の大砲はとんでもない威力なんだぜ？」

こいつらの契約金は二千万エルル。前金と後金で半分ずつだ。かなり高額な出費だったが、シャープルズ家に与えられる苦しみを考えれば釣りがくる。

パイレーツ海賊団はずかずかと屋敷から出る。窓から彼らの船が出航する様子が見えた。ワシの心はいくらか満足する。シャープルズ家、貴様らに未来はないぞ。己の愚かさを悔いるがいい。

間章：第二回神獣会議——私たちは赤ちゃんとともに

『みんな揃ったわね？　第二回神獣会議を始めるわ。同じマスターに仕える者同士、仲よくしましょう』

『あっという間に神獣が六匹になったッスね』

『新しい仲間が増えて僕も嬉しいです』

リリアンたちが雲を抜け月明かりに照らされながらヘル・アイランドを目指していたとき、港の一角に神獣たちが集まっていた。神獣が増えるたびに、互いに交流を深める。彼らにとって大事な時間であった。

ジルヴァラ、タルパ、ネモスの自己紹介が終わり、アムリーたちの番となる。

『わたしはー、アムリー。カメの神獣よー。こう見えても、リオリオのことは我が子のように思ってるわー。大事なのー』

『ボクはマトイ……リヴァイアサン。体は大きいけど怖くない……からね……』

『吾輩はエーデル。見ての通り、グリフォンの神獣である。貴殿らとも友好を深めたい』

時間帯はシャープルズ家や島民が寝静まった夜だが、会議場所は港の近くに変更となっていた。マトイは海の中にいるからだ。ふと、ジルヴァラが目に涙を浮かべながら呟く。

『リオちゃんもいずれ、大人になっちゃうのよね……寂しいわぁ』

彼女の言葉を聞き、他の神獣たちも何かに気づいたようにハッとする。リオはまだ赤子だが、一日一日時が経つに連れて大人へと成長するのだ。それは避けられない事実。神獣たちはみな、その事実を重い衝撃を持って受け止めた。リオはいつまでも赤ちゃんではない。

『リオ君もずっと赤ちゃんではないんですね……』

『大人になったリオリオなんて想像もできないわー……』

『ずっと小さいまま……じゃないんだ……』

『老いるのは人類の運命……』

『まだ生後七か月ッス！』

神獣たちは、リオの可愛さ、尊さ、そして優しさに触れるうち、一時も離れられない体になっていた。話題は自然と、【神獣マスター】スキルの内容に変わる。以前ジルヴァラが話したように、リオは特別な赤ちゃんという認識は、新しく召喚された神獣たちも感じていた。

『それにしても、リオリオはすごい上に立派な赤ちゃんね』

『ボクたちのことを……とても大事に……してくれる……』

『仕えるにふさわしい主』

リオが持つ【神獣マスター】。神界に住む存在を召喚できる類まれなスキルだが、使用者の心が清らかでないと発動できない。リオの善の心こそがスキルの根幹だった。

リオはアーサーとロザリンド、島民たちをいつも優しく思いやる。その思いやりの心に、神獣たちはパワーをもらっていた。

彼らはみな、召喚してくれたリオに恩返ししたいと常に思う。自分たちはリオのため、島民たちのため、この先も精一杯己の力を発揮すると誓った。

『毎日可愛くて楽しくて幸せ～』

神獣たちはみんな、リオの下に召喚されてよかったと強く思っている。彼らとリオの絆《きずな》こそが、何よりも尊いものなのであった。

第五章：皇女様

「見てごらん、ロザリンド。リオの髪が風になびいているよ。幻想的な光景だね」

「宮殿の美術室に飾ってあってもおかしくないけど、献上したくないわ。でも、皇女様とかがいらっしゃったらリオを持ってかれちゃうかも」

「そんなことはないから安心しな」

日課の散歩中。ジルヴァラの背中に乗ってタルパを握りながら、父母のデレとキーラさんのツッコミを聞いていた。相変わらず、テンポのいい三人だ。

渡りの民であるナターシャさんたちが去ってから、いつもの親バカ生活が戻ってきた。父母に愛され、島民に愛され、神獣たちに愛される。周囲の愛情をたっぷり受け、俺はすくすくと成長していた。まだ生後七か月だけど。ジルヴァラが振り向いて言う。

『ねぇリオちゃん。お腹空いていない？　喉は乾いてないかしら？』

「ぅん、だぃじょぶぉ」

『少しでも困ったことがあったら何でも言ってね。私たち神獣はリオちゃんのために生きているんだから』

「あーがと」

そして、以前にも増して、神獣たちが過保護になった。特にジルヴァラは、前触れなく涙目になって遠くを見ることがある。いったいなぜだろうな。潮風が目に沁《し》みるとか？

「ナターシャさんたちは帝都でリオのことを話してくれたかな。だとすると、皇女様もリオに会いたくなっちゃったんじゃないか？　そういえば、皇女様は空挺騎士団の団長だったな。つまり、自由にヘル・アイランドを訪れることができるというわけだ」

「ええ、きっとそうよ。リオを見るために空挺騎士団を引き連れて来たりして。帝国が世界に誇る騎士団にもリオを自慢したいわ」

「都合がよすぎる話になってるよ」

渡りの民が去った後も、父母の自慢欲（俺の自慢）は収まらなかった。客が訪れるたび逐一解消されているはずだが、どうもそうではないらしい。また新しい客が来ないか待ちわびている節もある。逆に、俺が生を受けたのが島でよかったかもな。どこかの街で生まれていたら、毎日見せびらかしの行脚だったかもしれない。

「「あ～あ～、リオをもっと自慢したいな～」」

父母の声にキーラさんが呆れたとき、地面を大きな影が走った。それも何個も。この段階では、誰もが渡りの民の再訪だと思っていた。そう、この段階までは。父母もキーラさんも神獣ズも、まったく無警戒で来訪者を待つ。

「ナターシャさんたちがまた来たのかな～？　……ええええ!?」

何体ものドラゴンが、バサバサバサッと大きな羽ばたきとともに舞い降りた。深い赤色の鱗で覆われたドラゴンだ。一目見ただけで、高ランクのモンスターたちだと分かる。地面に降りた後も、暴れることなく静かに乗り手の指示を待っていた。

彼らの背中から颯爽と降り立ったのは、騎士の格好をした男たちだ。驚く俺たちをよそに、ビシッ！　という効果音が聞こえそうなほど規則正しく整列した。父がおずおずと尋ねる。

「あ、あの～、すみません。どちら様でしょうか……」

「我らはヴィケロニア魔導帝国、空挺騎士団である」

「空挺騎士団んん⁉」

父母とキーラさんは大変に驚く。空挺騎士団なんて初めて聞いたが、名前や三人の驚き具合から、帝国の中でも位が高い人たちなのだろうと分かった。父母たちは冷汗が止まらないようだし。

緊迫感に包まれていると、騎士団はすっ……と脇にずれた。中央にスペースが空く。誰か偉い人が歩くのにちょうどよさそうな……。

「ふむ、ここがヘル・アイランドか。悪くない」

騎士たちの間を歩いてきたのは、大変に美しい女性だった。腰くらいまでの長い銀髪に、紅玉を思わせる真っ赤な瞳。髪の毛は太陽の光を眩《まばゆ》く反射させ、精霊や天使のように幻想的な女性だった。

明らかにこの人だけ格が違う。体から放たれる圧から、赤ちゃんの俺でも分かった。引き締まった筋肉に、戦士のような隙のない歩き方。目つきはキリッとしており、見る者を射抜くような威圧感を覚える。

父母とキーラさんはというと、騎士たちを見たときより顔が強張っていた。三人とも目を見開いて女性を見る。

「どぉしたの。ぱぁん、まぁん。あのひとだぁれ?」

『すごくキレイな人……彼女の周りだけ別世界みたいだわ』

『妖精さんかと思ったッス!』

俺たちが話しかけても、父母とキーラさんは動かない。服の裾を引っぱると、父母は悲鳴に近い叫び声を上げた。

「「リ……リリアン皇女殿下!」」

「こぉじょさまぁ⁉」

マジか。このキレイで強そうな人が皇女様なんて。でも、どうしてこんな辺境の島にいらっしゃったのだろうか。俺たちがかつてない緊張感に包まれている中、リリアン様は淡々と告げた。

「突然の訪問すまないな。アニカや渡りの民など、ヘル・アイランドを訪れた者の話を聞いているうち、我もこの目で島の発展を見たくなったのだ。シャープルズ家、よく地獄の島をここまで発展させたな。誰にでもできることではない」

「……リリアン様ぁ」

打って変わって、父母は目をキラキラさせリリアン様を見る。少々チョロすぎる気もするが、皇女様に褒められたら誰しもこうなるのだろう。

「……そして、リオきゅんっ！　ママと離れ離れになってて寂しかったねぇ！　でも、もう大丈夫だから！　我と一緒に暮らそうねぇ！」

「え」

いきなり、リリアン様は父母やジルヴァラたち神獣をスルーして、俺に飛びついてきた。父母は誰もが知っている事実を確認するように、リリアン様に話す。おずおずと。

「リ、リリアン様。お言葉ですが、リオは僕たちの息子でして……」

「何を言っている、シャープルズ家。リオきゅんは我の息子だ。いくら可愛いからって、他人の息子を奪おうとしてはいかんぞ」

「「え」」

唖然とする父母から、リリアン様は俺を取り上げる。愛しい我が子を抱くように、優しく頭を撫でられた。怖そうな見た目に反して、聖母のような穏やかさを感じる……のだが、我の息子だって？　お、俺はシャープルズ家の息子なんですけど。

父母はというと、魂が抜けたような顔だった。いや、キーラさんもそうだ。

「リリアン様もご子息の前では母の顔になられる……」

「尊い光景だ……ずっと見ていたいな……」

「母子の絆は見ているだけで癒やされますね……」

おまけに、この光景を温かい目で見る騎士の皆さん。空挺騎士団の中では、俺はリリアン様の息子という認識らしい。な、なにがどうなっている。

「リ、リリアン様、大変失礼ながら申し上げます。リオは僕とロザリンドの子どもでございまして……」

「これほど可愛がってくださるのは母親冥利に尽きるのですが、リオは私たちの子どもで……」

「シャープルズ家」

「は、はい……」

父母の必死の訴えを、リリアン様は遮った。目つきはより鋭くなり、父母やキーラさんのゴクリ……という唾を飲む音が聞こえる。

「我はヴィケロニア魔導帝国の第一皇女だぞ。いつも民のことを一番に考えている」

「リリアン様……」

その言葉に、俺たちはホッと一息つく。リリアン様は皇女様。他人の息子を奪うなんて考えるはずもないじゃないか。当たり前のことに、誰も気づかなかった。大丈夫、ただの冗談だったのだ……。

「だけど、何よりも大事なのはリオきゅんなのだああ！」

「「え」」

リリアン様は天に向かって拳を突き上げる。全然大丈夫じゃなかった。

「リオのリはリリアンのリ！」

「単なる偶然……」

「リオ・ヴィケロニアは我が守る！」

「リオ・シャープルズ……」

ど、どうやら、リリアン様は本気で俺が彼女の息子だと思い込んでいるらしい。な、なぜ……。

疑問に感じていると、転生時のアルテミス様との会話が思い出された。女神の加護として、無条件の寵愛をくれるって言っていたな。思い返せば、父母や島民は別として、俺はやたらと愛でられる。無条件ってこういう意味だったのか。今さらになって、女神の力の威力を知る。アルテミス様が条件つきにしなかったのは、きっと設定とかが面倒だったからだ。

父母は俺を回収しようとするが、相手が皇女様だからか手を出そうとしては引っ込めていた。

「シャープルズ家、今までリオきゅんの面倒を見てくれてご苦労だったな。明日、リオきゅんは本土へ連れ帰ることとする。さて、まずは島の案内を頼もうか。島の発展具合を見せてくれ」

「そ、そんな……」

当たり前だが、皇女様を追い返すことなどできない。俺を奪われたまま、父母はヘル・アイランドを案内することになってしまった。俺はリリアン様の腕の中で父母に謝る。条件つきの寵愛にしてもらえば、こんなことには……。

□□□

「リリアン様……こちらがヘル・フィールド……でございます」

「元は貧相な畑……でしたが、リオ……のおかげで、ここまで発展……しました」

「おおお～、立派な畑だな～。これが噂に聞く〈凍りトマト〉か。本当に凍っているじゃないか。〈すいすいスイカ〉もたらふく実っているとは……本土でも数十個しかないスイカだぞ」

興味深げに畑を眺めるリリアン様と、魂が抜けた様子の父母。俺たちは今、ヘル・フィールドを訪れていた。島民にもすでにリリアン様の来訪は伝えられており、みな緊張した表情で畑の前に勢揃いしていた。

リリアン様はひとしきり畑と作物に感動すると、父母に言う。

「レオポルトたちが漂着したときは世話になったな。彼らから大変に高品質の魔石が揃っていると聞いた。我にも見せてくれないか？」

「はぃ……こちらにどうぞ……」

父母はかつてないほどのローテンションでリリアン様一行を案内する。両手を左右にプラプラと揺すりながら歩く様子から、大変な疲労感が伝わった。姿勢も猫背になってしまっている。

そういえば、ジルヴァラやタルパはどこに行ったんだろう。さっきから姿が見えないが。

そうこう考えていると、魔石の保管場所に着いた。森の中の一角にある広場みたいなスペースだ。こんもりとした小さな魔石の山を見て、リリアン様と空挺騎士団の皆さんから、ほぅっ……というため息が漏れる。

「なるほど、これが魔石の山か。たしかに、どれも高ランクの物ばかりじゃないか。量にも驚いたが、何より純度の高さが素晴らしい。国内最高品質だ」

「ありがとうございます……この魔石を出してくれたのも神獣なんです……」

「アムリー……来てくれるかしら……」

父母がしょぼしょぼとテンション低く言うと、アムリーが木の陰から現れた。いつもと変わらないのんびりした様子を見て、父母の空気が少し和らぐ。こういうとき、神獣たちの存在は大きい。それに、マイペースな彼女なら、相手がリリアン様でも問題ないだろう。

『あなたがリオリオを奪った皇女様ねー。いくら可愛くてもーよその子どもを取ったらダメよー』

「「え」」

アムリーの発言に、俺たちは固まる。いや、そんなどストレートに言わなくても……。アムリーの後ろでは、ジルヴァラとタルパが頑張れと小声で応援していた。さらに彼女らの後ろには身をかがめたネモスやエーデル。きっと、ジルヴァラとタルパは他の神獣に俺のことを相談していたのだろう。マトイも海の中で同じような格好をしていそうだ。

リリアン様をまとう空気が硬くなる。

「貴殿もまた神獣か？」

『そうよー。アムリーというのー。石を食べて魔石を出すのー』

「我の名はリリアンだ。よろしく。こんな高品質の魔石を作り出したとは恐れ入った。素晴らしい能力だな」

リリアン様はしゃがんで、アムリーの前足と握手する。一瞬、殺伐とした雰囲気になりそうだったが、実際はそんなことなかった。願わくば、この勢いで俺を父母に返却してほしいところだ。

「しかし、リオきゅんは我の息子だが？」

『アーサーとロザリンドの子どもよー。早く返してあげてー』

父母の顔に生気が戻る。「頼む（お願い）、アムリー！」という声が聞こえそうだった。

「まったく……何を言っているのだ。たしかに、シャープルズ家は素晴らしい成果を上げた。だが、リオきゅんはれっきとした我の息子である。何しろ、リオのリはリリアンのリであってだな……」

アムリーの決死の訴えも叶わず、リリアン様は虚空に向かって俺への愛を語る。とてもありがたいことではあるが、俺はシャープルズ家の子どもなのだ。ひとしきり、お褒めの言葉を言い終わると、リリアン様は父母に告げた。

「他の神獣たちも紹介してくれないか?」

「ええ、もちろんでございます……みんな来てー……」

父母はぞんざいに神獣ズを呼ぶ。わずかに戻った生気も消え失せ、二人の顔はもはや骸骨のようになっていた。森の中からぞろぞろとみんなが出てくる。リリアン様は歴戦の経験からかどっしりとしていたが、騎士団たちからはざわめきが聞こえた。

「フェンリル以外にもあんなに神獣がいるのか……? ドラゴンにカメに……モ、モグラァ?」

「グリフォンまでいますよ……伝承に聞く神獣ばかりだ……」

やはり、ジルヴァラたちは空挺騎士団にとっても珍しい存在のようだ。リリアン様は神獣ズを見渡すと、淡々とした口調で尋ねた。

「畑を進化させたのはどの神獣か?」

『私が悪天候を静めて、作物が育ちやすいように天気をコントロールしているわ』

『お、おいらも土を耕すのお手伝いしたッス』

タルパを乗せたジルヴァラが前に出る。ジルヴァラの背中は俺の定位置で、俺の手はタルパの定位置だったのに、今や遠い存在になってしまった。

「キャット・ゲット・バウト商会のアニカたちを運んだ神獣も君たちか？」

『それは僕です、リリアン様』

今度はネモスが進み出る。空挺騎士団のドラゴンより何段階も巨大な彼を見て、騎士団は息を呑む。リリアン様はまったく怖気づいていないのがさすがだ。

「ずいぶんと立派なドラゴンじゃないか。名は何という」

『疾風ドラゴンのネモスと言います』

「アニカたちは大変に感謝していたぞ。我もそのうち貴殿に乗ってみたいものだ」

『ありがとうございます』

空挺騎士団はドラゴンを操るからか、ネモスにはひと際強く興味を抱かれたようだ。

「渡りの民をモンスターから救ってくれたのも貴殿か？」

『いいえ、僕ではありません。戦闘は苦手なので』

『それは吾輩の行いである』

ネモスと入れ替わるようにエーデルが前に出る。皇女様が相手でも、変わらず気高い。リリアン様はエーデルを見ると深く感心した。

「ほぅ……グリフォンの神獣までいるのか。ますます、我はこの島に夢中になりそうだ」

『リオ氏はよいマスターである』

「ヘル・アイランドの海はいつも荒れているはずだが穏やかだな。それも貴殿の力によるものか？」

『吾輩ではない。マトイというリヴァイアサンが行った功績である』

「リヴァイアサン……ぜひ、会いたい」

わらしべ長者のように繋がり、今度は港に行く。

「マトイー、カモーン……」

父母がやる気なさそうに海中へ向かって声をかけると、マトイがザザザ……と現れた。騎士団の皆さんは、すでにはわはわだ。リリアン様だけは相変わらずまったく怖気づいていない。

「さすがの我もリヴァイアサンを実際に見たのは初めてだ。我はリリアン。ヴィケロニア魔導帝国の第一皇女である」

『ボクはマトイ……リオくんに召喚してもらったリヴァイアサン……』

「貴殿がヘル・アイランドの海流をコントロールしているのか？」

『うん……』

マトイが静かに言うと、リリアン様は何かを考えるように、顎に手を当てた。

「……神獣たちよ、帝国の発展に寄与してくれてありがとう。国を代表して感謝申し上げる」

しばし考え込んだ後、リリアン様は神獣ズにも礼を述べられた。皇女様だけど威張るようなことはない。威厳があり少し近寄りがたいけど、他者に対する感謝の心も持っている。人望があって頼りがいのある皇女様だと思う。そう、ある一点を除けば……。

神獣ズは顔を見合わせると、リリアン様に向かって一緒に訴えた。

『『シャープルズ家に我らがマスターをかえし……』』

「何よりすごいのは、こんな神獣を召喚できるリオきゅんでちゅね～。ママが褒めてあげまちゅよ～」

「だから、まぁんじゃない……」

唯一にして最大の欠点、女神の加護により俺を自分の息子と思い込んでいる誤解さえなければ。せめて、この島にいる間にどうにかして加護の力を少しでも弱めたい。

「しかし、貴重な作物や魔石、そして伝説の神獣が集った、この素晴らしい光景を父上にも見せてやりたいものだな……」

リリアン様は悲しそうな顔でポツリと呟く。そのときばかりは、父母も神獣ズも静かに黙った。聞くところによると、皇帝陛下（つまり、リリアン様のお父さん）は精神的疲労でずっと寝込んでいるらしい。リリアン様は心も体も強い方だが、誰よりも皇帝陛下の復活を望んでいるんだろう。

腕の中の俺を撫でながら、リリアン様は笑顔で父母に言う。

「まぁ、辛気臭い話はここまでだ。シャープルズ家よ。ヘル・アイランドは帝国内でも有数の貴重な島となった。褒めて遣わすぞ」

「ありがたき幸せ……」

「褒美は何がいい?」

「リオを返してください……」

わずか数十分で、父母はげっそりとやつれてしまった。先ほどからずっとリリアン様の腕の中に閉じ込められ愛撫されているが、親バカポイントは貯まらない。リリアン様が俺の親でないことは明らかなのだが、当の本人はその自覚がないようだ。しかし、実質帝国内で一番偉い人なので質《たち》が悪い。

「さて、今日はもう遅い。申し訳ないが、泊まらせてほしい。ドラゴンも休ませなければならないからな」

「はぃ……どぅぞ……」

繰り返すが、皇女様を追い返すことなどできない。この国で一番偉いのだから。結果、リリアン様はシャープルズ家にお泊まりすることになった。

□□□

「リリアン様、〈オメデ鯛〉の素焼きをご用意いたしました。あたしの一番のお気に入りの魚でございます」

「たしかにうまい。美味である」

「こちらがリオのパイ焼きでございます。シャープルズ家に仕えて三十年のこのゼノス。腕によりをかけてお作りいたしました」

「ふむ、リオきゅんの再現度が素晴らしい料理ではないか。どれ、さっそく一口……うまい！リオきゅんはこんな味なのかぁ」

シャープルズ家の応接間。リリアン様と空挺騎士団の皆さんに夕食を振る舞っていた。父母はもうスライムみたいに溶けかかっているが、キーラさんやゼノスさんが代わりに応対してくれた。

リリアン様は島の食事をいたく気に入ったようで、モグモグとおいしそうに食べられる。そう、俺を抱きながら。作物や魚のおいしさ、そしてリオのパイ焼きの再現度などを大変に褒めていただき、食事会は終了となった。

「リオきゅん、ママといっちょに寝まちょうね～」

「だから、まぁんじゃない……」

リリアン様はさも当然のように言う。親子の既成事実を作ろうとしているのだろうか。

「シャープルズ家よ、寝室はどちらかな？」

「ええ、寝室は………お待ちください、リリアン様！」

「ど、どうした」

突然、スライムみたいだった父母の身体が元通りになり、リリアン様の前に立ちはだかった。

た。


断固とした態度で叫ぶ。

「リオは僕たちと寝ます！」

「い、いや、しかしだな……子どもは母親とともに寝るのが成長にもよい……」

「リオは私たちと一緒に寝ますので！」

「わ、分かった。分かったから、そんなに大声を出すなっ」

父母の剣幕に、さすがのリリアン様も俺から手を引いた。我が子を奪われる危機感が、父母を突き動かしたのだと思われる。半日ぶりに父母の下に戻る俺。力強い抱擁をもって迎えられた。

リリアン様と空挺騎士団の皆さんは、キーラさんが客室に案内してくれた。父母は俺を抱きしめたまま、猛スピードで寝室へ駆け込む。

「ああ、リオ。ようやく僕たちの下へ戻ってきてくれた……。リオを触れない半日は地獄の時間だった……」

「もう一生抱けないんじゃないかと、心配で胸が張り裂けそうだったわ……」

「ぱぁん、まぁん……」

少々大げさな気もするが、父母にとってはそれほど辛い仕打ちだったのだ。俺もまた、父母の下に戻れてホッとする。

「でも、明日には連れ去られてしまう……うっうっ……」

寝室に木霊する父母の泣き声。いや、まぁ……大丈夫なんじゃないか？　だが、相手はあのリアン様だ。下手したら、本当に本土へ連れ去られる危険もある。そのときは神獣のみんなにも力を借りよう。俺だって父母とずっと一緒にいたい。

久しぶりの父母の腕で、俺はゆっくりと眠りに落ちていった。

間章：我が息子は可愛すぎるが、それがいい（Side：リリアン）

「「それではリリアン様、お休みなさいませ」」

「ああ、お前たちもゆっくり休め」

部下たちは挨拶をし、別の客室へと案内される。キーラという淑女のメイドが我を奥の部屋へと連れていく。

「リリアン様、こちらがお部屋でございます」

「うむ、ありがとう」

「失礼いたします」

おそらく、この家で一番豪華であろう部屋だった。真っ白なシーツは皺《しわ》ひとつなく、埃もまったく落ちていない。室内には柑橘類《かんきつるい》の香りがほのかに香った。急な訪問にもかかわらず、念入りな準備をしてくれたのだろう。

もちろん、部屋の設備は王宮に及ばないが、それよりシャープルズ家や島民たちの気持ちが嬉しかった。小さいベッドに浅く腰掛ける。ひと息つくと、先ほどの一件が思い出された。

「まさか、シャープルズ家があれほどリオきゅんと一緒に寝たかったとは……」

思わずポツリと呟く。大人しい夫婦、という第一印象だったが覆された。我がリオきゅんと一緒に寝ると言ったとき、大変に豹変《ひょうへん》したのだ。そう、まるで我が子を奪われる草食動物のような怖い親に……。

思わず圧倒されてリオきゅんを預けてしまった。一緒に寝られないのは残念極まりない。だが、裏を返せば、我の息子は奪いたくなるほど可愛いということだ。愛息の魅力が証明されたようで、逆に気分がいい。

それにしても、リオきゅんは本当によくできた息子だ。素晴らしいスキルで神獣を召喚して、苦しい島の生活を助ける……リオきゅんの優しさを考えただけで涙が出る。

さて、寝る前に日課のまじないを唱えるとするか。我はまじないだとかスピリチュアルな世界は信じないが、ことこれに限っては効果があるような気がする。

「リオきゅんは我の息子……リオきゅんは我の息子……リオきゅんは我の息子……×∞」

リオきゅんは我の息子なのだが、念じるとより強く認識できるのだ。リオ飴を見たときから、毎日欠かさず念じていた。

第六章：帰還

「では、シャープルズ家。世話になったな。大変有意義な視察をさせてもらった」

「はぃ……」

翌朝、朝食もそこそこに、リリアン様と空挺騎士団はお帰りの時間となった。皆さん朝からテンションが高いが、父母は元気がない。おまけに、目には黒いくまが……。

どうやら、昨晩は一睡もできなかったらしい。就寝からずっと俺を固く抱きしめ、リリアン様に抵抗の意思を示していた。

「では、リオきゅんは返してもらうぞ。よく夜の間面倒を見てくれた」

「ああっ！　リオが～……！」

が、しかし、父母が抵抗する間もなく、リリアン様はするりと俺を奪い取ってしまう。目を凝らしていても見逃してしまうほどの早業。空挺騎士団の団長だからだろうか。

リリアン様は笑顔で、スタスタとドラゴンたちの下へ向かう。ま、まさか、本当に本土へ連れて行かれるのか……？

高を括《くく》っていたことが現実になりそうでドキドキしていたら、神獣ズが行く手を阻んだ。

「じるゔぁらっ、たるぱっ！　みんにゃも！」

ジルヴァラにタルパ、ネモス、アムリー、エーデル……。すっかりお馴染みの神獣ズが、リリアン様の行き先を阻んでいた。

『リオちゃんは連れて行かせないわ！　ヘル・アイランドで一緒に暮らしていくんだから！』

『そうっス！　おいらたちはリオさんと離れたくないッス！』

『リオ君は大事なマスターですが、それ以上にとても大切な友達なんです。このまま見過ごすわけにはいきません』

『リオリオはーわたしたちと一緒なのー』

『吾輩も皆に同じ。リオ氏は何よりも愛くるしい存在。おいそれと渡すわけにはいかないのだ』

『ボクも忘れないで……リオくんは渡したくない……』

遠くからはマトイの声も聞こえる。みんな、俺が本土へ連れ帰られないよう、懸命に訴えてくれていた。彼らの熱い心に胸が打たれる。

「みんなぁ……」

父母にいたってはダラダラと泣いていた。リリアン様だけは、この状況を把握できないようでポカンとされている。

「心配するな。リオきゅんは我が責任を持って育てる。貴殿らも寂しいだろうが、どうか我らの幸せを願ってもらいたい。さあ、そこをどいてくれたまえ」

『あれあれあれ？　……あ～れ～』

リリアン様は神獣ズを簡単に追いやってしまう。強固な防御壁のように展開されていたのに、あれよあれよと突破されてしまった。父母はもう絶望の表情だ。い、いや、あの……もうちょっとちゃんと守ってほしいのだが……。

願いも虚しく、リリアン様は空挺騎士団のドラゴンに到達する。まさか、本当に本土へ行くことになるなんて。リリアン様はいい人だけど、父母と離れ離れはさすがにイヤだ。両手を振り回して抵抗する。

「おりょしてよぉ～」

「大丈夫でちゅよ～。ママがしっかり抱きしめて落ちないようにしてあげまちゅからね～」

「だから、まぁんじゃない……」

生後七か月の赤子にできることなど、たかが知れている。すいすいとドラゴンの背中に乗せられた。今日が俺の新しい人生のターニングポイントなのかな……と思ったとき、突然リリアン様が叫んだ。

「……しまったあああ！　我としたことがあああ！」

「どうなさいましたか、リリアン様！」

リリアン様は額に手を当て、悲痛な表情を浮かべる。今度はいったいどんな展開が訪れるのか、俺も父母も神獣ズもドキドキだった。

「リオきゅん用の鞍《くら》を用意するの忘れたあああ！」

「あぁっ！」

その言葉を聞き、空挺騎士団の皆さんもハッとした様子で叫んだ。俺用の鞍？……って、なんだ？

「ドラゴンの羽ばたきは力強いが、その分揺れが大きいー！　リオきゅんを抱えたままじゃ危なくて操縦できないじゃないかー！　赤子用の鞍がないとダメだー！」

リリアン様は説明するように、天に向かって愚痴る。要するに、チャイルドシートを持ってくるのを忘れたということだ。思いのほか、あっさりした理由で本土行きは中止となった。リリアン様はドラゴンから降り、父母に俺を返却する。

「シャープルズ家よ、貴殿らに重要な任務を与える。母たる我が戻るまで、リオきゅんを守り通すのだ」

「「我らが息子っ……！」」

俺を抱く父母の手は、いつにも増してさらに力強い。リリアン様は颯爽とドラゴンに乗ると、父母に向かって言った。

「では、我は一旦本土へ帰る。戻るまでリオきゅんを頼んだぞ！　……皆の者、至急帰還だ！」

「リリアン様ー、お元気でー！」

打って変わり、弾けるような笑顔でリリアン様を見送る父母。ドラゴンが羽ばたく様子を、それはそれは嬉しそうに眺めていた。やはり特別なドラゴンなのか、数分も経たぬうちに遥《はる》か上空へ舞い上がる。

「もういらっしゃらなくて大丈夫でございます〜！　リオを取られて、僕たちはずっと苦しかったです〜！」

「子ども強盗のリリアン様〜！　どうか、本土から出ないでくださいませ〜！」

父母はなかなかに失礼なセリフを吐きながら、空を飛ぶドラゴンをみつめる。それはそれは大変に嬉しそうに。ドラゴンが見えなくなると、俺の頬に思いっきり顔をあててきた。

「ああ、ようやくリオが帰ってきた！　僕とロザリンドの息子、リオ！」

「もう抱けないと思ったら生きた心地がしなかったわ！　私たちのリオ・シャープルズ！」

「リオもぱぁんとまぁんといっちょでうれちい」

神獣ズもキーラさんもゼノスさんも島民たちも駆け寄り、お祭りのような騒ぎとなる。家族関係が変わりかねない危機はあったが、どうにか皇女様たちにもお帰りいただけた。

第七章：襲来

「リオ・シャープルズは僕たちの子ども～。誰が何と言おうと僕たちの息子～。僕たちは三人で一つ～」

「我らの息子は我らの息子～。皇女様の息子ではない～。家族の絆は権力にだって負けないの～」

シャープルズ家のリビングに、上機嫌な歌声が響く。リリアン様たちが去ってから数日後。父母は片時も俺を離そうとしなかった。

「あんたらは仲がよさそうで本当に微笑ましいね。当たり前の日常が一番の幸せだと、あたしも痛感したよ」

とはキーラさんの談。いつもは父母に厳しい彼女も、今回ばかりはさすがに辛辣なセリフは言わなかった。それほど、リリアン様の来訪は衝撃をもって受け止められたのだ。

「日課のお散歩楽しいな～。リオと一緒で嬉しいな～。毎日一緒で幸せだ～」

「私たちの幸せは息子とともに過ごすことから～。危機を乗り越え一層格別～」

父母は歌うように言い、俺を外に連れていく。待ち構えていたかのように、ジルヴァラやタルパが駆け寄ってきた。

『リオちゃん、そろそろ私の背中に乗ってほしいわ。リオちゃんを乗せてないと不安になっちゃうの』

『おいらもリオさんの手の平に包まれたいッス！』

『今日も空を飛びましょうか？　いつでも準備はできていますよ』

『おいしい石がたくさんあるんだけど、リオリオもどうかしらー？』

『空への飛翔《ひしょう》なら吾輩でも可能だが？』

神獣ズは我先にと俺を取り囲む。誰が一番最初に俺を乗せるかで、わいわいと討論していた。

微笑ましく眺める父母。

みんなを引き連れ、港に向かう。海の様子を確認するためと、マトイにも会うためだ。途中、島民たちの前を通るや否や、またもやちょっとした騒ぎが起きた。

「ああ、リオ様のお顔が今日も見られるなんて、私は幸せ者でございます！」

「僕は改めて、この島での生活を噛みしめています！　リオ様がいなくなっていたらと思うと、ゾッとしてしょうがありません！」

「大神童リオ様、バンザーイ！　未来永劫、ヘル・アイランドにいてくださいませー！」

俺を見ただけで、激しく騒ぎ立てる島民たち。彼らの後ろから、猛スピードで走ってくる老紳士がいたと思ったらゼノスさんだった。

「リオ様っ。本日も麗しいお顔でいらっしゃいますねっ。このゼノス、目に焼き付けまするっ」

ゼノスさんにいたっては、俺を見るたび泣いてしまう。ぷるぷると指を近づけてくるので、きゅっと握ったら大層喜んでいた。港に着くと、声をかける間もなくマトイが現れる。

「まちょい、きょうもげんきしょうでよかたよ」

『リオくん……会えて嬉しい……』

島に住む全員が、俺の残留を喜んでくれている。キーラさんの言うように、当たり前の日常はそれだけで幸せなのだと実感する。俺の楽しい毎日はみんながいるからこそ……。リリアン様に連れ去られていたら、こうはいかなかっただろう。

父はしばらく俺を撫でていたが、やがて真剣な顔で話す。

「島の自然環境はよいものの、リオの教育を考えたら離島より本土の方がいいのかもしれない……。ここにいるのは大人ばかりだし、同世代の子どもと遊べないのは寂しいだろう。この子には広い視野を持ってほしいな」

「最先端の教育から取り残されてしまいそうで心配だわ。私たちが教えられることにも限りがあるし……。島の外に住むわけにはいかないでしょうけど、いずれ本土にも行く機会を作りたいわね」

俺の成長について、父母は真面目に語り合う。親バカな印象が強いが、それは誰よりも俺のことを愛してくれているから。このような場面を見るたびに愛を感じ、また二人に対する尊敬の気持ちが強くなった。

「それにしても、リリアン様の訪問は疲れてしまったな……あれから肩凝りが治らなくてね」

「あら、アーサーも？　私もなのよ。よいお方だったのだけど、やっぱり皇女様なんて緊張するわね」

「ぱぁん、まぁん、だいじょぉぶ？」

父母が不調な様子を見るのは初めてだ。心配になって聞いたら、変わらぬ笑顔を向けられた。

「ありがとう、リオは優しい子だ」

「リオの顔を見ているだけで疲れは吹っ飛ぶわ」

と言いつつ、父母はゴキゴキと肩を動かす。リリアン様の訪問と俺の没収は、肩凝りとなって父母に深い爪痕を残していた。不治の病の類ではないが、大事な父母が苦しんでいるのは俺も辛い。

「ぱぁんとまぁんのかちゃこりは……リオがなおしゅ！」

俺は決心する。肩こりを治すのに適した神獣を出すと。リリアン様は悪者ではないが、父母は俺を必死に守ってくれた。少しでも恩返ししたい。

「リオが肩凝りを治してくれるのかい!?　しかも、スキルを使って!?　なんて親思いの子なんだ！」

「リオが治してくれるのなら、毎日肩凝りになってもいいわ！　毎日リオがスキルを使ってくれるってことでしょ！」

「うわっ！」

分かってはいるが、父母の豹変は毎回驚く。リリアン様の一件の反動もあるためか、今回はひと際強烈だった。そして、毎日肩凝りになられるのは勘弁願いたい。意味ないでしょうが。

ツッコミたい気持ちを抑え、スキルを発動する。

「しんじゅうかたりょぐ！（神獣カタログ！）」

「リオの手に不思議な本が！」

何度も見たと思うが。父母の瞳は少年少女のように輝く。きっと、予想以上にリリアン様の反動は大きかったんだろう。さて、父母の肩凝りが治せるような神獣はいないかな。念じるといつものように自然に本がめくられ、とある神獣のページが開かれた。回復魔法が得意なタイプと思ったが、そうではないようだ。

【ひーりんぐガネーシャ：エンパス】
とくべつなちから：いやしのおててをもつ
しょうひポイント：1600pt
せいかく：のんき、おおらか

象の頭に人間みたいな胴体、体には四本の手。神話の絵本でよく見るような、ガネーシャの姿がそこにはあった。どうやら、手に癒やしの効果があるらしい。一度に二人分の肩もみをお願いできそうだし、ピッタリの神獣だった。次は召喚に必要なポイントの確認だ。

【神獣マスター】
○現在の親バカポイント：１２００ｐｔ

例の親バカポイントも、知らないうちに結構貯まっていた。父母の指をそっと握る。

「ぱぁんとまぁんといっちょがいちばんうれちぃねぇ」

母は俺をジルヴァラの背中に預ける。

「「我が子と暮らすは最上の喜……ぐっはあああ！」」

［親バカポイントが１０００ｐｔ貯まりました］

「ぱぁん！　まぁん！」

「アーサー！　ロザリンド！」

最後まで言い切る前に、父母は吐血した。地面に倒れ、ピクピクと痙攣《けいれん》する。……え？　だ、大丈夫なのか……？　想像以上の怖い反応に、だいぶ心配になった。キーラさんは真剣な表情で父母の容態を診る。

「ふむ……これは尊血《とうけつ》だね。尊い感情が高まると吐血してしまう症状さ。大丈夫、命に別条はないよ」

なんだそれは。初めて聞いた言葉だったが、キーラさんが言うなら間違いないと思う。ならば、さっそく神獣を召喚しよう。

「エンパスよ、いでよー！」

神獣カタログが光り輝く。白い光が収まったとき、俺たちの前にその神獣はいた。

『ほぉっ、ワシらのマスターは本当に赤子なんじゃの！　これは可愛い赤子じゃ！　よろしくのぉ、リオ坊』

カタログで見た通りのガネーシャだ。二メートルくらいの大きな。四本の手を伸ばして、俺の手を握る。赤ちゃんのようにすべすべで、かつ力強い。頼りがいのある手だった。

「あなたがえんぱすう？」

『そうじゃよ、ワシがエンパスじゃ。召喚してくれてありがとうのぉ。ホッホッホッホッホッ』

エンパスは上機嫌で笑いながら握手する。カタログにも書いてあったように、おおらかな性格らしい。父母も尊血とやらから復帰したようで、フラフラしながらエンパスに挨拶する。

「今度は象の神獣さん？　……」

『お主らが両親じゃな。リオ坊を育ててくれて感謝申し上げるぞよ』

「……エンパスゥ」

父母はひっしとエンパスに抱き着く。リリアン様の爪痕があるためか、感謝を伝えられただけで二人の心は簡単に絆されてしまった。

「えんぱす、おねがいがあるの。ぱぁんとまぁんのかたこりなおして?」

『承知。それくらいお茶の子さいさいじゃよ。さあ、父君、母君、ワシの近くに来るのじゃ。リリアン嬢の襲来は大変じゃったな。疲れも溜まるじゃろうて』

「……エンパスゥ」

リリアン様の一件は、カタログの中にいる神獣たちにも伝わっていたようだ。父母は労いの言葉を受け、もうふにゃふにゃになってしまった。この状態の父母は、それはそれで心配になる。

『どれ、さっそく始めるかの。一生分の肩凝りを治すぞよ』

エンパスの両手が淡い緑の光に包まれる。ゲームでよく見るような、回復魔法のエフェクトみたいだ。

『では……揉《も》み揉み揉み揉み揉み揉みリンリン』

「「ふっ……ふわぁぁあぁあ」」

不思議な掛け声とともに、エンパスは父母の肩を揉んでは揉んで、揉みまくる。父母の口から魂が抜けかけるが、キーラさんが力強く押し込んでいた。五分も経たず、ある意味命賭けの肩揉みは終わった。父母は晴れやかな表情で、嬉しそうに肩を回す。

「す、すごいっ。肩が恐ろしく軽くなったぞ。これが神獣の力ぁ!」

「今なら本土までボールを投げられそうだわ！」

『どうじゃ、ワシの肩揉みは。肩凝りなんぞ、いくらでも治すからのぉ。ホッホッホッホッホッ』

エンパスは腰に両手を当て、得意げに反りかえる。父母の肩凝りが解消されて、俺もよかった。やっぱり、【神獣マスター】は素晴らしいスキルだな。存在を忘れていたアルテミス様に、心の中でお礼を言う。

「そうだ、エンパス。リオにも何か楽しいことをやってくれないか？」

「そうね。これもリオのおかげなんだもの。リオにも何か楽しいことをしてあげて？」

父母の発言で風向きが変わった。何か……楽しいこと……。曖昧な言葉の羅列に不穏な気配を感じる。

『そうじゃのぉ……うむ、高い高いとかはどうじゃろうか』

「「いい！」」

「あっ、ぃやっ、ちょっ……！」

断る間もなく、エンパスは上機嫌で俺を空高く放り投げる。ジェットコースターが落ちるときみたいな、内臓がフワッとする嫌な感じに襲われた。いや……あの………結構高いんですけど。体感で十メートルくらい。これは、もはや高い高いではなく垂直上げだ。

落下してエンパスの手に受け止められると、また放り投げられた。躊躇のなさが逆に潔い。

ちょっとおおらか過ぎやしないかね。

『そーれ、そーれ！　いつもより多く投げてるからのー！』

「リオが……リオが飛んでる！」

父母、大歓喜。俺は別に飛んではいない。というか、投げてるって言っちゃったし。眼下に、また新たな異変が映る。

「……大神童リオ様の空中浮遊だあああ！　奇跡の業だぞおお！」

俺を見つけて大盛り上がりの島民たちが、島中から集まってくるのだが？　だから、俺が浮遊しているわけではない。放り投げられ、ちゃんと落下しているでしょうに。父母や島民たちの歓声が轟く中、俺はいつまでも高い高い（垂直上げ）をされていた。

□□□

「ロザリンド、幸せってリオの頬みたいな手触りだと思うんだ。この世紀の大発見をみんなに伝えたいんだけど、どうすればいいかな」

「奇遇ね、アーサー。私もずっとリオの頬を触るたび思っていたの。帝国軍に教えれば、遠征のたびに世界中へ伝えてくれるはずだわ」

「またリリアン様が来るよ」

父母は俺の頬を擦りながら言う。問題の肩凝りも解消し、父母は上機嫌そのものだった。

キーラさんの言葉にもキレが戻り、ようやく日常が帰ってきたと感じる。頬擦りタイムが終了すると、散歩の時間だ。ドアを開けた瞬間、神獣ズが駆け寄ってくる。

『私、リオちゃんを見ないと朝が来た気がしないの』

『おいらもリオさんの手に抱かれないと目が覚めないッス！』

『今日の夢はリオ君と空を飛びました。正夢にしましょう』

『みんなー、そんなに囲んじゃリオリオが怖がるわー』

「こわくないよー、うれしいよー」

ジルヴァラ、タルパ、ネモス、アムリーの面々。エーデルは少し離れたところで毛づくろいしていた。

基本的に、神獣ズはシャープルズ家の近くに住んでいる。マトイは港だけど。父母は屋敷の中で一緒に暮らそう、と言っているが、家族の時間を邪魔しちゃ悪いから、という理由で遠慮していた。

神獣ズは夜な夜な集まっているような気配を感じるが、未だその現場を見たことはない。眠気に耐えきれずいつも早寝してしまうのだ。

『朝から賑やかで楽しいのぉ。リオ坊に召喚されてワシもよかったわい、ホッホッホッホッホッ』

すでにエンパスも彼らの輪に溶け込んでいた。後方で腕を組み、ホッホッと笑っている。元々、カタログの中で互いに知り合いなのかな。いずれは、この辺りも聞いてみたいものだ。

神獣ズが集まったところで、父母が笑顔で顔を見合わせる。ま、まさか、この反応は……！　こ、今度はどんな言葉が飛び出るのだ。心臓が不気味に脈動する。

「なぁ、みんな。昨夜ロザリンドと相談したんだが、ヘル・アイランドの歌を作ろうと思うんだ。もちろん、リオの素晴らしさと可愛さを伝える歌をね。みんなはどう思う？」

「せっかく島の管理を任されているのだし、島を象徴するような歌も作った方がいいと思うの。要するに、リオを称える歌ね。昨晩アーサーと相談したんだけど、満場一致で決まったわ」

「……おうちゃ？」

思った通り、とんでもない提案がこの世に放たれた。俺の歌なんて恥ずかしさの極みじゃないか。のんきにすやすや寝ている間、父母は勝手に決めてしまったようだ。そして、二人の場合は満場一致と言わないと思う。大げさに表現するのはやめていただきたいものだ。

「みんなはどう思うかなっ！」

目がやけに据わった父母が神獣ズに問う。悲しいことに、ジルヴァラたちの答えも聞く前から想像ついた。

『いいアイデアだと思うわ！　リオちゃんの歌……今すぐにでも聞きたいわね～』

『おいら、歌うの好きッス！　リオさんの歌ならなおさらッスね！』

『どうして今まで気づかなかったのでしょう。両親の格を見せられた気分です』

『わたしーリオリオの歌、うたいたいー』

『吾輩も右に同じ』

『楽しい話じゃのぉ。ワシもリオ坊の歌、うたいたいのぉ〜。ホッホッホッホッホッ』

遠めに見ていたはずのエーデルでさえいつの間にか近くに来て、父母のアイデアに賛成の意を示す。マトイの意見も聞こうということで、俺たちは港へ向かう。ゼノスさんや島民たちの話は聞かなくていいのかと思ったが、父母はすでに了承を得ていた。こういうことに関しては、特に手際のよい両親だ。

港に着き、父母は海中へ声をかける。

「マトイー、リオの歌を作るよー」

『賛成……』

頭を出した瞬間、マトイは了承した。これぞ満場一致。キレイなまでの伏線回収に、俺はもう何も言えなかった。全員集合したところで、父母がみんなに言う。

「さっそく、作曲を始めよう。島の歴史とリオの可愛さを讃《たた》える歌にしたいな」

「みんなも遠慮しないで歌ってね……さんっ、はいっ！」

「『ララ〜』」

父母と神獣ズは楽しそうに歌い出すのだが、思い思いに歌うせいでハチャメチャだ。リズムどころか歌詞も合ってない。誰か歌の指導に長けた人にリーダーをお願いした方がいいんじゃないかな。

「ぱぁん、まぁん、ちょっと待って。それじゃあ、おうちゃつくるのむずかしいよ」

思った内容を父母に伝える。

「……たしかに、リオの言う通りだね。う～ん、歌の得意な島民はいたかな……？　恥ずかしながら、僕は音楽関係がさっぱりでね」

「実は私もそうなのよ。せめてピアノがあれば違うんだけど……」

「しょれなら、しんじゅうさんにおねがいしてみるよ」


どうやら、父母は音楽があまり得意じゃないらしい。鼻歌とは勝手が違うのだろう。新しい神獣を出すことに決めたが、歌のうまい神獣なんているかな。

疑問には思ったが、カタログはペラペラとめくられ、とある神獣のイラストが現れた。薄い紫の長い髪に、薄紫のまるっとした目。一見すると人間みたいだが、耳と下半身をよく見るとまったく違うと分かる。魚のエラみたいな耳に、同じく魚の尻尾。ザ・人魚の絵がそこにはあった。

【うたうませいれーん：シレーヌ】

とくべつなちから：おうたがじょうず、おふねもまどわすことができる
しょうひポイント：５５００ｐｔ
せいかく：ようき、かるい

５５００ｐｔ⁉　過去最高の消費ポイントに驚きを隠せない。今度の神獣はセイレーンだ。きっと、とんでもなく歌がうまいのだと思う。ただ、歌がうまいだけじゃなくて、船も惑わすらしい。ポイントも高いし、ちょっと怖いな。でも、惑わさないでくれと言えば大丈夫だと思う。性格の〝軽い〟も気になるところだが……まぁいいや、この神獣を召喚するか。海も近いし。親バカポイントの方はどうなっている？

【神獣マスター】
○現在の親バカポイント：２１００ｐｔ

やはりだいぶ足りない。何はともあれ、ポイントを貯めなければ。今度はどうやって貯めようか。そろそろネタ切れなんだが……そうだ！　ちょうど歌の話をしているから……。前世の日本の童謡を思い出し歌う。

「ぱぁんとまぁんは～いちゅもやさしい～。しょんけいできるだいじなりょーしん～」

日本の有名な童謡の一節を歌ったが……どうだろうか。父母は俺をジルヴァラに預ける。

「「…………世紀の大名曲！」」

［親バカポイントが４０００ｐｔ貯まりました］

天への絶叫とともに、親バカポイントが大量に貯まってくれた。今回は吐血や魂の漏出などがなくて安心する。と、思いきや、薄っすら鼻血が出ていた。父母が親バカに順応してくれるのはいつだろうか。

なるべく早めなことを願いながら、【神獣マスター】を発動させる。

「しれーぬ、いでよー！」

カタログがぴかぁーっと光る。白い光が収まったとき、目の前には何もいなかった。きっと、海の中に召喚されたんだろう。マトイのときと同じかな。

『……我らが主は赤ちゃんなの～。一目見れば～一目惚《ひとめぼ》れ～……その名はリリリ・リ～オ～』

海の中から美しい歌声が漂う。すでにリオという単語が聞こえるのは気のせいか？

「おうたがきこえるねぇ」

『もうちょっと海に近づいてみましょう』

ジルヴァラの背中に乗ったまま、海を覗き込む。何もいなさそうだな、と思ったとき、ザパァッ！　と何かが飛びついてきた。

『あらぁんっ！　本当に赤ちゃんなのねんっ！　かわよっ！』

「ぅあっ！」

『ずっと、この頬っぺた触りたかったのよっ！　これがあたしのマスター、リオしゃん……のほっぺ！』

紫髪の美しい人魚が、俺の頬を撫でまわす。この神獣もまた、激しい頬擦り力の持ち主だった。

「あ、あなちゃがしれーぬ？」

『きゃーっ！　あなちゃ……だって！　きゃわわわーい！』

名前を聞いただけで、彼女のテンションは跳ね上がる。神獣の中でも、ひときわ元気なタイプのようだ。父母が鼻血を拭きながら話す。

「なぁ、シレーヌ。さっそくだが、お願いがあるんだ。リオを称える歌を一緒に作ってくれないか？」

「この島の歌にしようと思うの。全世界にリオの可愛さを伝えたくて……」

『まっかせなさい！　あたしにできないことはないんだから！　ハーッ、ハッハッハッハッハッ！』

高笑いするシレーヌ。どことなくアルテミス様感を覚え、少々不安になった。

「おふねまどろ……まどらしちゃだめだよ」

『分かってるって！　いくらあたしでも分別は弁《わきま》えているわっ！』

グッドマークとともに、バチーン！　とウインクされた。ほ、本当に大丈夫かな。高ポイントの理由について聞いてみよう。

「どうしてそんなにぽいんとたかいの？」

『このあたしがそこら辺の神獣と同程度のはずがないでしょう！　うわーはっはっはっはっ！』

またもや嬉しそうに笑うシレーヌ。肩透かしを食らった気分だが、また賑《にぎ》やかな仲間が増えて俺も嬉しい。父は拳を突き上げ叫んだ。

「じゃあ、今日から歌の稽古だー！」

「おおお～！」

結局、歌の稽古はその日から始まってしまった。島民総出で。

□□□

『……じゃあ、もう一度最初から歌うわよ。今度はテンポを速めてね……さん、はいっ！』

「奈落の底にある島で～」

シレーヌの合図とともに、島に響き渡る歌、歌、歌。俺たちヘル・アイランドの住民は、みんな港に集まっていた。島歌の練習のためだ。

『ほらっ、リオしゃん！　声が出てないわよっ。ちゃんと歌ってっ。リオしゃんが歌わなきゃしょうがないでしょうがっ』

「ご、ごめんなしゃい……なりゃくのそこにあるしまで〜」

ぼんやりしていたら、シレーヌの厳しい指導が飛んできた。大慌てで声を出す。思いのほか歌の練習はガチで、歌わない日はないほどだった。父母が先導して制作した歌はこれだ。

【ヘル・アイランドの歌】

作詞：アーサー、ロザリンド、神獣たち
作曲：シレーヌ

奈落の底にある島で
私たちは生きていた
周りに見えるは暗い色
抱く思いは不安と心配
でも、私たちは知った
人生には明るい色もあることを

ある日、天から落ちたのは
小さいけれど大きな希望
胸にあふれる喜び
感動
嬉しさ
その日から、私たちの景色は変わる

私たちのリオは世界一可愛いぞ
だがしかし、可愛いだけじゃない
なにが？
仕方がない、教えてあげよう
特別な神獣を召喚しちゃうのだ
おかげで、地獄の島は天国に

見るんだ、世界！
リオを！
天才、神の子、大神童を！

アーサーとロザリンドの子どもを〜！

前半は詩的でよかったのに、後半で台無しだ。俺はもう何も言わん。歌の練習をしていたら、ジルヴァラの耳がピクンッ！　と動いた。

『……あら？　船が来るわよ？』

「ふねぇ？」

ジルヴァラはちょうど正面の海を前足で指す。たしかに、大きな船がこちらに近づいていた。

シレーヌはプンプンと怒る。

『何かしら、せっかくリオしゃんと歌の練習をしているのにっ』

「しょ、しょんなにおこらなくちぇも……」

『リオ坊の言う通りだぞ。怒っては喉にも悪いからの、ホッホッホッホッホッ』

シレーヌには悪いが、歌の練習が中断しそうで逆にちょうどよかった。船は結構スピードが速くて、ぐんぐん近づいてくる。また帝国海軍の船だろうか。

「何だろうね、あの船は。レオポルトさんたちがまた来たのかな？」

「わざわざ本土から来るなんて、忘れ物でもしたのかしら」

父母も似たような疑問を口にする。これが親子か。こんなところでも血の繋がりを感じた。

「……ん？　帝国海軍の船ということは……？」

ふと、父母は何かに気づいたように考え込む。徐々にその顔が青ざめてきた。

「ど、どぉちたの……おなかいたいの？」

「……ぎゃあああっ！　リリアン様が乗ってたらどうしよう！」」

直後、頭を抱えて右往左往を始める。そうか、帝国海軍の船だとリリアン様が乗っている可能性もあるのか。

『またあの人が来たら私たちも抵抗しなきゃ』

『リオさんは渡さないッスよ！』

「う、うん、しょうね……」

気合いを入れ直す神獣ズ。リリアン様は皇女様なのに、今やすっかり厄介者扱いされていた。

船はもう港の入り口だ。今度も大型の帆船だった。だが、その様相が明らかになるにつれ、帝国海軍の船ではないと分かる。

舳先《へさき》の薄汚れた天使像は不気味な雰囲気を醸し出し、船からせり出した何個もの大砲は威圧感を覚えた。同じ帆船でも、帝国海軍では感じられたある種の高貴さはない。何より、帆に描かれた巨大なドクロマークがその船の正体を示していた。

「「か、海賊船んんん⁉」」

島に俺たちの驚きの声が響く。まさしく、絵本や漫画で出てくる海賊船そのものだった。こんな辺境の島に何の用だ。海賊船は港の入り口で停泊する。デッキにガラの悪そうな男がぞろぞろと現れた。

「ここがヘル・アイランドだな？　おい、聞け。俺様たちはパイレーツ海賊団だ。お前らでも名前くらいは聞いたことあんだろ？　そして、俺様が船長！　のデニズだ」

「パ、パイレーツ海賊団んん⁉」

彼らの言葉を聞き、父母や島民たちは震え上がる。どうやら、名の知れた海賊団らしい。というか、名前の重複には誰もツッコマないのか？

「大変だ、ロザリンド。まさか、海賊にまでリオの可愛さが伝わっていたなんて！」

「アウトローの人にもリオの可愛さは伝わっていたのね！」

頭を抱える父母。こんなときでも親バカを忘れないのはさすがの二人だ。

「さぁて、シャープルズ家はどいつだ？　おとなしく殺されれば、他の島民どもは見逃してやる。リオってガキも来い。お前ら三人が殺しの対象だ」

デニズと名乗った髭もじゃの男は、剣をギラつかせながら言う。お、俺たちを殺しに来たって？　わざわざこんなところまで？　だとすると、ある意味すごい執念だ。

「いきなり何なんだ、君たちは。リオを殺すなんてさせるものか！」

「私たちの大事な子どもになんてことを言うの！」

殺すと聞いて、父母は表情がキリッとした。デニズたちを睨みながら、俺をギュッと抱きしめる。

「あんたらなんかリオに指一本触れさせないよ！　もし触ったらぶん殴るからね！」

「この島への上陸はこの私が許しません！」

「みんなでリオ様を守るんだ！」

キーラさんとゼノスさんを筆頭に、島民たちが壁を作るように立ちはだかる。

『リオちゃんを殺すなんて聞き捨てならないわね。あなたたち、自分が何を言ったのかちゃんと分かっている？』

『おいらの爪は鋭いッスよ！　攻撃にも使えるッス！』

『僕だって戦うときは戦います。空は任せてください』

『わたしー踏みつけるの得意だわー』

『八つ裂きにされたくなければ、すぐに船を反対側に動かせ』

『ワシのパンチは痛いぞ～？』

『あたしの歌であんたらの船沈めちゃうから』

さらにその周りを、神獣たちが守るように俺を取り囲んだ。みんなの圧力を感じたのか、デニズたちも気圧されていた。

「ふ、ふんっ！　お前たちが噂の神獣様か。だが、関係ないね。大砲でまとめて吹っ飛ばせ！」

「「へーい！」」

船の前方に設置された大砲が、ググッ……と俺たちに狙いをつける。みんなの緊張がマックスに達したとき、俺は気づいた。あれ？　そういえば、海には……。

『リオくんたちに危害を加えようとするのは許さないよ……』

「……え？　なんで、伝説のリヴァイアサンがこんなところに！」

マトイは海賊船に突進すると、いとも簡単に破壊してしまった。いくら大型の船でも、相手がリヴァイアサンではどうしようもない。デニズたちは大騒ぎだ。空中に舞ったかと思うと、ドボンドボンッ！　と海に落ちる。一撃で勝敗が決した後も、マトイは容赦なく海賊船を砕いていた。

『すごい迫力ー！　クッキー割ってるみたい！　あはははは っ！』

シレーヌだけはケラケラ笑いながら、圧倒的な蹂躙《じゅうりん》を楽しむ。予想以上の軽い性格だ。

『そういえば、私たちにはマトイがいたわね……』

『海なんてリヴァイアサンの独壇場ッスよ……』

「う、うん……あのひとたち、たいへんそうね……」

俺たちもまた、海賊船が木っ端微塵《こっぱみじん》になる様子をいたたまれない気持ちでいつまでも眺めていた。

間章：報告

「我としたことが子ども用の鞍を忘れるとは……。うっかりしてしまったな」

「誰にでもミスはありまする、リリアン様。しかし、ご子息もお元気そうで何よりでした」

「まぁ、そうだな」

ヴィケロニア魔導帝国の帝都。リリアンたち空挺騎士団は、ゆっくりと宮殿へ向かって歩く。ヘル・アイランドと本土はだいぶ離れているが、彼女らにとっては大した苦労でもなかった。わずかな移動の時間でも、一行はリオの話題に花が咲く。

無条件の寵愛による効果とリリアンの熱量にあてられ、空挺騎士団の面々もリオはリリアンの息子であるとすっかり誤認していた。

「では、我は父上の様子を見てくる。今日の訓練は夕方から行う。それまで体を休めておけ」

「はっ！　お疲れ様でございました！」

空挺騎士団と別れ、リリアンは一人階段を上る。上へ上へと進むにつれ、彼女の心は少しずつ暗くなった。病に伏した父のことを思うと、どうしても気持ちが沈んでしまう。重い足取りで最上階に着くと、宮殿内で一番豪奢かつ重厚な扉を開けた。

「失礼するぞ」

「リリアン様、お帰りなさいませ」

彼女が部屋に入るや否や、侍女や医術師たちがサッと脇にどく。奥にある寝台には、一人の男性が横たわっていた。

「父上、体はどうですか？」

「おお……リリアンか……」

この国の最高権力者、ヴィケロニア皇帝だ。疲れた様子でリリアンを見る。極度の疲労により、精神も肉体もすっかり弱っていた。リリアンは寝台の横に座ると、ヴィケロニア皇帝の手を静かに握る。ヘル・アイランドの遠征を経て、伝えねばならないことがあった。

「父上、ご報告することがあります」

「……なんじゃ？　また、お前の武勇伝か……？　今度はどんな敵を倒したんじゃろうな……。オークか……？　それとも、トロールか……？　さすがに聞き飽きたぞ……」

ヴィケロニア皇帝は力なく笑う。聞き飽きたと言いつつ、彼はリリアンの土産話を一番の楽しみにしていた。妃を早くに亡くしてから、愛情たっぷりに育ててきた愛娘。リリアンはもはや、己の半身であった。いくぶんか軽くなった心で彼女の言葉を待つ……。

「このたび、息子ができました」

「ぬわぁにぃ!?」

愛娘のとんでもないセリフに、ヴィケロニア皇帝は飛び起きた。目が覚めるような強烈な一言。未だかつて、ここまで激しい衝撃を受けたことはない。

「名前はリオ・ヴィケロニアと決めました」

「リ、リオ・ヴィケロニアァ⁉」

「ご心配なく。まだ貧弱な生後七か月ですが、帝国を率いる資格は十二分にございます」

「生後七か月ぅ⁉」

「子どもの成長は早いものです」

ヴィケロニア皇帝は怒涛の勢いに飲まれそうであり、意識を保つので精一杯だった。自分が寝ている間に、孫が七か月も成長していたのだ。よく考えれば時系列的におかしいのだが、あいにくとそこまで考える余裕はなかった。

「ままま、待て！　とりあえず、一つ聞かせてくれ！　朕《ちん》の孫は今どこにいるんだ！」

「ヘル・アイランドです」

「●△※◆□●※◆□●◆※⁉」

次々と放たれる衝撃的なセリフの数々。よりによって地獄の島と呼ばれる史上最悪の島の名を告げられ、ヴィケロニア皇帝は気絶しそうになった。目覚めたものの、今度は激しい動悸《どうき》と息切れに襲われる始末。

同室にいる侍女や医術師の面々も二人の会話から振り落とされそうだったが、使命感だけで意識を保っていた。

「こ、皇帝陛下！　まずは、横になられて……！」

「ええ〜い！　寝ている暇などないわ！」

「皇帝陛下〜！」

とても寝てなどいられない。ただいまこの瞬間をもって、ヴィケロニア皇帝の疲労は消滅した。寝ていたら完全に取り残される。

「父上もぜひ一度ヘル・アイランドを訪れてみてください。そして、リオきゅんに会ってくださいませんか？」

「もちろんだとも！　孫の顔が見たくてたまらん！」

「そして、リオきゅんのスキルでヘル・アイランドは変貌を遂げました。もしよろしかったら、お話しいたしますが……」

「ぜひ、聞かせてくれ！　じいじたるもの、孫の活躍は絶対に聞かねばならん！」

リリアンはヘル・アイランドの発展ぶり、リオの【神獣マスター】、召喚された神獣たちの話を懇切丁寧に伝えた。

ヴィケロニア皇帝は、彼女の話を興味津々に聞く。シャープルズ家も重要人物のはずだったが、リリアンの話からはすっかり抜け落ちていた。ヴィケロニア皇帝はリリアンの熱に当てられ、リオは孫であると完全に誤認する。

「リオきゅん！　仕事を片付けたらすぐ会いに行くからね〜！」

「待っておれ、愛しの孫よ！　じいじが遊びに行くぞよ〜！」

リリアンとヴィケロニア皇帝の叫び声は、王宮中に轟いたという。まさか、そのような事態が生じているなど、リオはもちろんのことヘル・アイランドの誰も知らなかった。

第八章：手紙

「あんたら、自分たちが何をしようとしたか分かってんのかい？」

「はい……本当に申し訳ございませんでした……」

キーラさんのキツイ声が島に響く。デニズたちパイレーツ海賊団は、港で正座させられていた。マトイの攻撃を受けて、結局船は沈没したのだ。

あんなに威嚇してきた海賊の面々も、今や借りてきた猫のようにおとなしい。五人×二列でキレイに整列している。

デニズだけは上陸後もしばらく鞘を振り回していたが（剣は海に落とした）、キーラさんの拳骨《げんこつ》を食らい戦意喪失した。父母はキーラさんの後ろで腕を組み、海賊団を見下ろしている。

俺はというと、父母のさらに後ろで神獣ズに隠されていた。隙間から様子を窺う。キーラさんが厳しい声で問いただした。

「どうして、アーサーたち一家を殺そうとしたんだい。こんな辺境の島まで来るんだ、何か理由があるんだろうね」

「へっ……舐めんな。俺様たちはパイレーツ海賊団だぞ？　もし理由があっても言うかよ。海賊団にもプライドってもんがあるからなぁ」

デニズがニヤリと告げると、周りの部下たちもニヤニヤと笑みを浮かべた。追い詰められた状況であっても、そう簡単には教えないつもりなんだろう。これはちょっと厄介かもな。

「また海に落とそうか？」

「すみません、話します。ある人の指示により、シャープルズ家の殺害に来たのです」

キーラさんがすごんだ瞬間、デニズたちはしょぼしょぼと白状した。海賊団のプライドはどこに行ったんだ。

「ある人って誰だい？」

「はい。全て……モンクル・ギャリソン公爵の指示によるものです」

「……モンクル公爵だって？」

キーラさんは振り返り、驚いた表情で父母を見る。その公爵の名前は俺も聞いたことがあった。父と母を辺境も辺境の島に追いやった人物。シャープルズ家の怨敵とも言える人間だった。今度は海賊団まで使って、父母に嫌がらせをしてきたというわけか。

「まさか、モンクル公爵が黒幕だったなんて……まだ、僕たちを恨んでいるのだろうか」

「ヘル・アイランドに来てもう七か月以上も経つのに……困ったわねぇ」

父母は疲れた様子でため息をついた。二人の予想はおおかた合っていると思う。モンクル公爵はさぞかし逆恨みの強い人物らしい。

「とりあえず、こいつらは海の藻くずにするのがいいと思うよ。モンクル公爵の指示だろうがなんだろうが、リオたちに恐怖を与えた罪は重いからね。解体して魚の餌にしようか。あたしに任せておくれ」

キーラさんの言葉に、デニズたちはギクリと体が動く。この人は本当にやりかねないからな。

「お、お願いです。命だけはお助けを……」

「助けてくださいまし……」

デニズたちは平伏して命を乞う。地面に頭を擦りつける様子を見て、さすがにかわいそうになってきた。

「じるヴぁら、ちょっとまえのほうにいける？」

『どうしたの、リオちゃん。そんなことしたら危ないわ』

「あのひとたち、しんじゃうのかわいそう……とめなきゃ……」

『……まったくもう、リオちゃんは優しすぎなんだから。みんな、守りながら前に進むわよ』

ジルヴァラにお願いすると、しぶしぶながらも父母の近くまで歩いてくれた。神獣ズも俺を守るように壁を作ったまま前に進んだ。父母の後ろから顔を出す。

「ころしゅのはかわいそうだよぉ」

「こ、こらっ。リオは出てきちゃダメじゃないか。こういうのは僕たち大人に任せておけばいいんだよ」

「まだ隠れていなさい。危ないでしょ。あの人たちは悪い人なのよ」

父母は慌てて俺の前に立ちはだかった。海賊から守るように抱え上げる。

「そうだよ、リオ童は引っ込んでな。こいつらの始末はあたしがつけるからね。アーサー、ロザリンド。リオを向こうに連れて行きな。赤子の教育にはよくない光景が始まるよ」

キーラさんはゴキゴキと指を鳴らす。震え上がるデニズたち。ほ、本当に解体されるのか？　素手で？　いや、解体手段はどうでもいいのだが、彼らの命がだな……。どうやって止めようかと考えていたら、ふいにデニズたちと目が合った。

――トュクン……。

突然、謎の音が鳴る。な、なんだ、このときめくような音は。初めて聞く音に、また新たな不安が生まれる。

「そ、その赤ちゃんがリオ……ちゃまなのですか？」

デニズたちがしどろもどろに尋ねると、キーラさんの表情が一段と険しくなった。

「あんたらにリオ童の名前を呼ぶ権利はないよ」

「「なんて可愛い赤ちゃんでちゅかぁ！」」

「え」

島に轟くおじさんたちの赤ちゃん言葉とキーラさんの素の声。不気味な豹変とやたらとキラキラした目に、さすがのキーラさんも顔が引きつっていた。

「きゅ、急にどうしたんだい」

「ましゃか、こんなにきゃわいい赤ちゃんだとは思わなかったんでしゅう！　ごめんなさいでしゅう！」

「でしゅう！」

恥ずかしげもなく、でしゅでしゅとかますデニズたち。か、海賊団なんだよな？　もう一度言う、プライドはどこに行ったんだ。

彼らの豹変の原因が俺には分かる。……きっと、これも無条件の寵愛による影響だ。女神の力は一向に衰える気配がない。

「ど、どうしようか……アーサー、ロザリンド……」

「う、うむ……」

「そ、そうね……」

父母とキーラさんは頭を抱える。しばし処遇を相談していたが、危害を加えないこと、俺に仕えることを誓えば島に住まわせてやろうとなった。……な、なぜ、俺に仕えさせる。

「もう二度とあたしらに危害は加えないと誓うかい？」

「誓いましゅ、誓いましゅ！」

「リオの家来になるって誓うかい？」

「なりましゅ、なりましゅ！」

デニズたちはそれこそ赤ちゃんのようにはしゃぐ。その様子を、冷めた目で見る父母や島民たち。何はともあれ、海賊団が島の仲間になった（らしい）。

□□□

「リオちゃま、おはようございましゅ！　今日も可愛くて何よりでございましゅ！」

「こっち向いてくだしゃいませ！」

「う、うん……おはよぉねぇ……」

デニズたちがヘル・アイランドで暮らすようになって一週間ほどが経った。彼らは特に問題を起こすことはなく、粛々と日々を過ごしている。

毎朝俺を愛で、キーラさんの指示で雑用をし、俺を愛で、キーラさんの指示で雑用をする。俺の家来という体だったが、実質的にキーラさんの手下だった。

「ほら、リオ童ばかり見てないで仕事しな。今日は家の修理だよ」

「はっ、承知しました！　……リオちゃま、行ってきまちゅね〜！」

「い、いってらっちゃいね〜」

締まりのない笑顔を振りまき、デニズたちは家々の修理に向かう。衝撃的な出会いだったが、もうすっかり島の一員に収まっていた。

『リオちゃんの可愛さは海賊団も絆しちゃうのねぇ』

『まさしく、天下無双の愛くるしさッス！』

俺の下からはジルヴァラの声が、手の中からはタルパの声が聞こえる。神獣ズからの評価も、概ね良好の経過をたどっていた。

『まだ油断はできないゆえ。引き続き、吾輩が見張ろう』

『僕ももうしばらくは注意します』

『わたしもー、見張るわよー、時々ねー』

エーデルたちは厳しい視線をデニズ一行に向ける。彼らは大変に強い抑止力だった。

『お主らがおれば安心じゃな、ホッホッホッホッホッホッ。どれ、リオ坊や。高い高いをしてあげよう』

「いまはだいじょぶ」

伸びてきた四本の腕を押しのけ、丁重にお断りする。むしろ、エンパスの高い高いの方が命の危険があった。父が俺をジルヴァラの背中から抱き上げる。

「さて、一旦家に帰ろうか。手紙の文章を考えなければ」

「ええ、リオも手伝ってちょうだいな」

「はぁ～い」

父母は今、リリアン様宛ての手紙を練っている。無論、パイレーツ海賊団の襲来がモンクル公爵の指示だと分かったからだ。またならず者が訪れる可能性もあるので、リリアン様に報告する。シャープルズ家に戻ると、さっそく父母は手紙の下書きを取り出した。

「手紙には、リオも大変に怖い思いをしたと書いておこう。そうすれば、リリアン様も確実に力を貸してくださるはずだ」

「怖くて泣いてしまったと書く方がいいんじゃないかしら？　リオの恐怖を強くアピールしましょう」

「それはいい」

俺が愛でられることは嫌なはずなのに、こういうときはリリアン様の気持ちを利用する。父母は結構ちゃっかりしていた。海賊団の襲来とモンクル公爵の指示という事実と、俺の強い恐怖という多少の脚色を踏まえ手紙は完成した。完成したものの、父母は手紙を持って悩む。

「どうやって出せばいいんだろう……」

「定期船なんて来ないものね……」

「ねもしゅにちゃのめばいいよ」

「なるほど……やはり、リオは天才児」

出来レースのようなやり取りの後、俺たちは神獣ズの下へと向かう。

「ねもしゅ～、ちょっとおねがいあるの」

『何でしょうか。リオ君のお願いなら何でも聞きますよ』

「あのね、おちぇがみを……」

「アーサーさまー、ロザリンドさまー。ちょっとよろしいですかー」

ネモスに手紙を渡そうとしたら、家々の方向からデニズが走ってきた。手には白い紙が。

「デニズ、どうした？」

「この手紙をモンクルに届けてもらえませんか？」

「……手紙？」

「もう二度とお前の指示には従わない、という内容です。読んでくださいませ」

みんなで確認すると、たしかにそのような内容だった。語尾が赤ちゃん言葉で読みにくいが。端っこには、俺の似顔絵と思われる下手な落書きもなぜか描かれている。俺の可愛さを少しでも伝えたいそうだ。デニズは俺にウインクを飛ばしてから、部下の下へと戻った。

「どうしようか、ロザリンド。モンクル公爵への手紙だって」

「う〜ん……悩むわねぇ」

「いちおー、とどけたほうがいいんじゃない？　デニズたちのいしがつたわれば、もんくるこうしゃくもあきらめるとおもうよ」

「たしかにそうだね……やっぱり、リオは大神童」

二回目の出来レースが終わり、手紙は両方とも送ることになった。ネモスの近くに行き、手紙を差し出す。

「ねもしゅ、おちぇがみだしてくれる？」

『もちろんです。三十分もあれば本土まで行けますよ』

「ありがとぉねぇ」

二通の手紙を渡すと、ネモスは勢いよく飛び立った。瞬く間に姿が見えなくなる。

「いやぁ、これでようやく少しは落ち着けるな」

「リリアン様が対処してくださるのを祈りましょう」

父母は肩を回しながらホッと一息つく。たかが手紙とはいえ、内容を考えるのは大変なのだろう。

「湯に浸かりたいところだけど、自分たちだけ入るわけにはいかないな」

「みんなで入らないとお湯がもったいないわね」

父母は話す。ヘル・アイランドは山の湧き水が豊富だ。だが、湯を沸かすのは火魔法を使わなければならないので、少々手間がかかっていた。

島の中心にある大きな山を見る。今日も薄っすらと白い噴煙が漂っていた。たぶん……あの山は活火山なんじゃないかな。だとすると、俺も前世で大好きだったあれが出てくるんじゃないかな。

「もしかしたら、つちのなかからおんせんでるかもよ？」

「……温泉？」

火山があれば、温泉の存在もあり得る。俺はもっともっと父母たちの生活をよくしたいのだ。

間章：ワシはもう許さない（Side：モンクル）

「モ、モンクル公爵、お手紙でございます」

「チッ、さっさと渡さんか、愚か者。早く部屋から出て行け」

使用人から手紙を奪い取り、部屋から追い出す。パイレーツ海賊団を派遣した後、ワシは本邸に戻っていた。シャープルズ家暗殺完了の報せを、今か今かと待っていたのだ。きっと、デニズたちはうまくやったのだろう。

破るように封を開けるも、すぐに慎重に取り出した。大事な手紙を破っては内容が読めなくなる。何より、読む前から興奮しては体に悪い。ワシはまだまだ若いけどな。

嬉々として内容を読んでいくが、徐々にとんでもない怒りに身が焦がれた。

「モンキュル公爵へ　デニズでしゅ。リオちゃまとシャープルズ家のあんしゃつは止めまちた。いちおう、おちえてあげまちた。　追伸　リオちゃまきゃわいい（絵、描いちゃ）」

「……ふざけるなぁぁぁあ、クソ海賊団がぁぁぁあ！」

ビリビリに破り捨て、足で踏み潰す。なんだ、この不敬極まりない手紙は。ワシの名前も間違えてるし、でしゅ……だとか、止めまちた……だとか、バカにしたような言葉遣いが、煽《あお》られている気分で猛烈に腹が立つ。

さらに、手紙の端には下手クソな落書きが描かれていた。これがリオとかいう赤子か？　とても人間には見えん。何がリオちゃまだ。ワシはクソガキに興味などないわ。大金を失った上に、シャープルズ家を苦しめる計画も失敗。挙句に届いたのはムカつく手紙……。

「シャープルズ家ぇぇぇぇえ、ワシをバカにしおったなぁぁぁあ」

怒りに身が震える。少々、甘くし過ぎたようだ。ワシは優しいからな。心のどこかで、手加減してしまったのだろう。だが、ワシの優しさもここまでだ。今度は海賊団よりもっとひどいヤツを送ってやる。

ワシは地下にある秘密の隠し部屋に向かう。周囲に誰もいないことを確認すると、静かに中に入った。棚に保管してある貴重な品々を取り出す。

〈八咫烏《やたがらす》の水瓶〉

レア度：★9

説明：足が三本ある烏の紋章が刻まれた水瓶。常に黒い水で満たされている。闇の魔力を込めれば、異界と人間界を繋ぐことができる。

〈暗黒石〉
レア度：★8
説明：地下深くで闇の魔力が凝縮された石。入手するには、火山の噴火などで偶然地表に現れるのを待つしかない。

〈魔の羽根〉
レア度：★9
説明：大昔に採取された魔の存在の羽根。振るうだけで大竜巻を起こすとされる。

〈魔の生き血〉
レア度：★10
説明：大昔に採取された魔の存在の生き血。触っただけで皮膚はただれ、肉が焼け落ちると言われる。保存には特殊な容器が必要。

これは全て、ある者たちを人間界に召喚するのに必要なアイテムだ。大変に貴重な品々だったが、ワシは長い時間をかけて少しずつ手に入れてきた。人類の長い歴史でも、ずっと敵対関係にあった存在。

――魔族。

はるか昔、人間との戦いに敗れ魔界に逃げた者たちだ。今もジッと人間界への侵略を狙っていると聞く。ヴィケロニア魔導帝国は元より、世界各国が最大級に警戒している存在だ。本来なら、このようなアイテムは所持することさえ許されない。隠れながらも集めた理由は……。

――いつか、ワシはこの国を手中に収めるのだ。

ヴィケロニア皇帝に成り代わり、ワシが皇帝となる。胸の中で静かに温めてきた夢だ。アイテムを入手してからかなりの日が経つが、今の今までずっと機を窺っていた。

現皇帝が体調を崩した後も、ワシは静かにチャンスを待つばかりだった。勇気がなかったのではない。好機を待っていただけだ。そう、魔族と同じだ。

〈八咫烏の水瓶〉に三つのアイテムを静かに落とす。じわじわと水面が歪《ゆが》んだかと思うと、水がぬるりと盛り上がるようにして、それは現れた。

「あ……あ……まさか……本当に召喚できるなんて……」

水瓶から、ひたりと床に降り立つ。背格好は人間とほとんど同じだ。だが、よく見ればまったく違うことが分かる。

全身は黒い羽根で覆われており、背中には大きな翼が生え、何より頭の両脇から伸びる曲がった角が、人外であることを示していた。伝承で見聞きした通り、正真正銘の魔族だ。

『ククク……貴様が余を召喚した人間か。余の血を持っているとは面白い人間よ……ククク……』

魔族はククク……と不気味に笑う。羽根の下には引き締まった肉体が見える。鋭い眼光は見られただけで身がすくむが、中世的な顔は王子や姫を思わせる高貴なオーラも感じられた。

「お、お前の名はなんだ」

『我が名はガルスという。まぁ、貴様ら人間どもは知らんだろうがな』

魔族が言った名前に耳を疑った。ガルス……だと？　伝承によると、魔王軍幹部である一級魔法闘士だ。予想以上の大物が召喚でき、体が震える。

ワシが入手した〈魔の生き血〉は、雑兵《ぞうひょう》の物ではなかった。名の知れた魔族の血だったのだ。ガルスにヘル・アイランドの地理やシャープルズ家のことを伝える。島中の人間を殺せと……。

「わ、分かったか。特に、アーサー、ロザリンド夫妻、そしてその子どもであるリオを確実に殺せ」

『ククク……いいだろう。貴様は特別だ。シャープルズ家とやらを殺したら人間界侵略の計画をともに練ろうぞ』

ガルスは不気味に笑う。絶対的な確信があった。こいつを刺客として送れば、今度こそ確実にシャープルズ家を始末できると。だが、念には念をだ。

「実は、以前にも刺客を送ったことがある。極悪な海賊団だ。しかし、リオという赤子に洗脳されたのか、このワシを裏切りおった。決して油断するな」

『愚問だ。赤子など一瞬で殺してやるわ』

ガルスは指先の鋭い爪を見せる。ギラリと鈍く輝き、たしかに赤子の喉など簡単に切れそうだ。そして、ガルスは煙のように消えてしまった。さすがに相手が魔族では、シャープルズ家も打つ手がない。シャープルズ家、貴様らに待つのは〝死〟のみだ。

第九章：温泉

「あのやま、あたまからゆげでてるから、つちのしたにおんせんあるかも」

『たしかに、リオちゃんの言う通りかもしれないわね。マグマの熱で地下水が温められる可能性は十分あるわ』

『おいらも温泉入りたいッス！』

ジルヴァラとタルパが嬉しそうに言う。みんなお風呂が大好きだった。

『僕でもゆったり入れるくらいの温泉が出てくるといいですね』

『わたしー、お風呂好きよー』

『吾輩も右に同じ』

『リオ坊の世話の次に好きなのが湯浴びなのじゃよ』

神獣ズは、ほわぁ~とした笑顔を浮かべる。もし温泉が出てくれれば、入浴問題は一気に解決だ。二十四時間いつでも、お風呂に入りたい放題。マトイとシレーヌはずっと水に浸かっているためか、お風呂の気持ちよさはよく分からないと以前言っていた。

まぁ、みんな待ち望んでいるので温泉が出てくるといいな。今回も神獣の力を借りよう。

「しんじゅうかたろぐー！」

いつものように、カタログが出現する。ペラペラとめくられ、とあるページが開かれた。神獣ズが覗き込む。

『あら、この子は温泉探しにベストな神獣だわ』

『土仲間が増えるんスね！』

『リオ君は神獣選びのプロです』

『見た目以上にーもふもふしてるわよー』

『吾輩の毛並みには負けるが』

『温泉が出たらリオ坊と一緒に高い高いをしてやろうかのぉ、ホッホッホッホッホッホッ』

「う、うん……ちょっときついね……」

みんながぎゅうぎゅうに覗き込んでくるので、顔の周りが手狭になった。今回召喚するのはこの神獣だ。

【おんせんアナグマ：ティブロン】

とくべつなちから：みずのにおいがわかる。つちをほるのがとくい

しょうひポイント：１２００ｐｔ

せいかく：ドジっ子

黒っぽい灰色の体毛に、四つん這《ば》いになった黒っぽい手足。眼はきゅるるんとしていて、耳から鼻にかけて伸びた黒い線が可愛かった。

名前には熊とついているが、熊ではない。アナグマはイタチの仲間なのだ。その名の通り、土を掘って温泉を湧き出してくれるのだろう。次はポイントの確認だ。


【神獣マスター】
○現在の親バカポイント：１１００ｐｔ

残り１００ｐｔね。たかが１００ｐｔだが、親バカポイントは親バカさせないと貯まらない。今度はどうしようかな。いい加減、もうネタが……。ええい、悩んでいても仕方がない。しばし考えた後、思い切って叫ぶ。

「ぱぁんとまぁんのこどもにうまれてよかったよ！」

考えたものの、結局は父母への感謝の気持ちとなった。この世界に転生して、俺は本当によかった。そう思える理由の大部分は、この優しい父母にある。彼らの愛情は何物にも代えがたい幸せだ。親バカポイント貯まるかな。父母はジルヴァラの背中に俺を預ける。

「「……………リオに出会えて最高によかった！」」

「親バカポイントが３１５０ｐｔ貯まりました」

３１５０ｐｔも……だと？　予想以上の高ポイントに怖じ気づく。少し考えたが、最高という数字の語呂合わせに気づいたら納得した。

父母はというと、天に向かって「リオは〝私たち〟の子……リオは〝私たち〟の子……」とブツブツ呟くばかり。そうか……きっと、リリアン様の爪痕がまだ残っていたんだろうな。我が子は我が子だと再確認し、安心した様子だ。

「でぃぶろょんよ、いでよー！」

カタログから白い光が迸《ほとばし》る。徐々に収まると、ちょうど目の前の地面に四つん這いの動物が小さくうずくまっていた。ジルヴァラがツンツンと鼻で触ると飛び起きる。

『ひゃ、ひゃあっ……！　怪物の襲来⁉』

『怪物なんかじゃないわ。失礼しちゃうわね』

「こんにちは、ティブロン。りおだよ」

ジルヴァラの上から声をかけると、ティブロンはビクリと動いた。神獣たちがいっぱいだから、少しびっくりしているのかもしれないな。と、思いきや、俺を見るとぱぁぁっ！　と表情が輝いた。

『初めまして、マスター・リオ！　ティブロンはティブロンと言います！』

『い、いたっ！』

ジルヴァラの頭を踏み台にして、俺の鼻に自分の鼻を当てる。ティブロンは一人称が自分の名前のようだ。鼻をぐいぐい押しながら、感動した様子で己の感激を伝える。

『ティブロンはマスター・リオに会えるのをずっと楽しみにしてました！　お会いできて光栄です！』

「よ、よかったよ……リオもティブロンに会えてうれしい……」

『マスター・リオはこんなに可愛いんですね。赤ちゃんオブ赤ちゃんといった具合で、いつまでも愛でていたくなります』

ティブロンが興奮するたび、ジルヴァラの頭はずんずんと押し込まれる。やがて、耐えかねたようにジルヴァラは静かに告げた。

『……ねぇ、ちょっといいかしら？』

『はい？』

『……私の頭踏んでるんだけど』

『ああっ、ごめんなさいっ！　全然気づきませんでした！　ちょうどいいところにあるなと思って……！』

ティブロンは慌てて足をどける。なるほど、こういうのがドジっ子ということか。

「こほんっ……さっそく、ティブロンにたのみたいんだけど、おんせんさがせる？」

『温泉……？　もちろん、探せますよ。というより、もう匂いがしますね』

ティブロンは鼻をひくつかせ、地面の上を歩く。俺たちから五メートルほど離れたところで立ち止まった。手を振りながら叫ぶ。

『マスター・リオ、ここを掘れば温泉が湧き出ます』

「そんなすぐに分かるの？」

『はい』

「じゃ、じゃあ、ほってくれる？」

『もちろん、ティブロン！』

謎の掛け声とともに、ティブロンは猛スピードで地面を掘り始める。数分も経たずに土の山ができたと思ったら、ドドドドッ！　と勢いよく熱いお湯が地面から湧き上がった。白い湯気とともに、辺りがほのかに暖かくなる。温泉だ。まさか、本当に温泉が出るなんて。

水に濡れたティブロンがひょこっと顔を出す。

『マスター・リオ～、温泉出ましたよ～』

「あ、あっという間なんだね」

『ティブロンの手足は強いのです』

『身をもって体験したわ』

ジルヴァラは少々キツイ感想を述べる。何はともあれ、ヘル・アイランドに念願の温泉が湧き出した。

□□□

『マスター・リオの手からは不思議な力を感じますねぇ。守られている感じ……』

「ティブロンのお手ても、もふもふでやわらかくて気もちいいね」

『……私の尻尾踏んでいるわよ？』

『ああ、すみませんっ！　ちょうどいいところにあるもんでっ……！』

ティブロンは慌ててジルヴァラの尻尾から足をどけた。ティブロンは俺の手を握ることが多い。何でも、こうしていると落ち着くのだそうだ。俺もまた、アナグマの手は結構もふもふなんだなと思いながら握っていた。

『リオさん、今日の湯は最高ッスよ！　一緒に入りましょうッス！』

『僕も全身浸かれて大変に心地よいです』

『今日はー一段とー身に沁みるわねー』

『吾輩も快然《かいぜん》たる思い』

『いやぁ、天気もよいし最高の気分だわい。ホッホッホッホッホッ』

少し離れたところでは、ジルヴァラとティブロン以外の神獣ズが温泉に浸かっている。

ティブロンを召喚してから数週間後、温泉の開拓は順調に進んでいた。今は、神獣ズ用の温泉ゾーンだけ完成している。

島のみんなで相談した結果、神獣ズ（＋俺）の温泉を最初に整備することに決めてくれたのだ。温泉の近くでは、デニズたちパイレーツ海賊団が石や木材を運んでいる。俺を見たら、笑顔で手を振ってきた。

「リオちゃま〜、もうちゅこちでリオちゃま用のおんしぇんエリアもできまちゅからね〜」

「ありがと〜」

水路を引いて、着替え小屋を立て……なかなかに大変な作業ではあるが、彼らは率先して働いてくれている。海の方からは、マトイとシレーヌが温泉に入るみんなを不思議そうに眺めていた。

『水の中って……そんなに気持ちいい……？』

『お湯に浸かって何が楽しいのかしら』

常に水中にいる彼らにとって、温泉とは理解しにくい存在なのだろう。陸でも暮らせるのに、わざわざ水に浸かる気持ちがよく分からないらしい。

神獣ズは温泉から出ると、父母の火魔法と風魔法（簡単な魔法）で乾かしてもらっていた。

彼らは一日の中で、小間切れに入るのが好きだった。

『リオちゃんも温泉入る？』

「まだいいよ。夜に入る」

俺はというと前世の習慣が残っており、入浴は夜を所望している。……しているものの、父母の方針でだいたい夕方に沐浴《もくよく》させられることが多かった。

父母曰く、マジックアワーにお湯に浸かると、女神様の加護を貰えるという話だ。だがしかし、これ以上の加護はご遠慮したい。

『ティブロンもマスター・リオと一緒に温泉入りたいですねぇ』

ティブロンが二本足で立ちながら言う。彼女は普段四足歩行がメインだったが、立つこともできるのだ。「父母にお願いしようか」と言おうとしたら、ジルヴァラがジッ……とティブロンを見た。

『……私の足踏んでるんだけど』

『ああ、すみません！　ティブロンとしたことがっ！』

『……あなた、もしかしてわざとやってない？』

『いいえ、滅相もありません！　ただ、ちょうどいいところにあるだけで……！』

ティブロンがジルヴァラの体を踏みつけるのも、すっかり定番の展開となってしまった。でも、本人（本アナグマ？）に悪気はないのだ。やっぱりドジっ子なんだな。

ジルヴァラが不機嫌な顔で足を引き抜いたとき、彼女の耳がピクリと動いた。

『……リオちゃん、私にしっかり掴まって！　他のみんなもすぐ集まって！』

「え？　ど、どうしたの？」

ジルヴァラが険しい顔と声で呼びかけると、すぐに神獣ズが集まり俺を取り囲む。みんな見たことないくらい厳しい表情だった。父母も島民たちも大慌てで駆け寄ってくる。

「ジルヴァラ、どうしたっ」

「何があったのっ」

『リオちゃんをしっかり抱いて！　これから大変な敵がこの島に来るわ！』

「「え！」」

ジルヴァラの緊迫した声に、父母は俺を固く抱きしめた。島中に緊張感が張り詰める。神獣ズの視線の先を注視していると、上空に黒い点が見えた。ぐんぐん近づいてくるな。数は一体のようだ。翼が生えているのでドラゴンの類だと思っていたが、違うらしい。人間のような姿形だ。

来客かな？　……いや、父母たちの表情を見てそれは間違いだと思った。みんながみんな、恐怖が張り付いたような表情だったのだ。

「そ、そんな……あれは…………魔族……」

父母と島民たちがポツリと呟く。その言葉に、俺も背筋がひんやりした。物語やゲームなどでは、モンスターより強い敵とされる悪の存在。

上空から、黒い物体は静かに舞い降りる。遠目では人間に見えたが、実際は所々がまったく違う。羽根で覆われた顔に体、そして頭の両脇からうねるように伸びた角が、それは人間以外の何かだと示していた。

『ここがヘル・アイランドか……知らないうちに人間界も発展したものだ。我ら魔族が再び支配するにふさわしいな』

ヘル・アイランドに……魔族が訪れた。

「ど、どうして、ヘル・アイランドに魔族が……！　僕たちに何の用だ！」

「魔界に封じられているんじゃないのっ⁉」

父母の叫びにも近い問いかけに、魔族はニタリと笑った。

『ククク……稀有《けう》な巡り合わせがあってな。そいつのおかげで人間界に訪れることができた、というわけだ。さて、侵略する前に我が名を明かしておこう。我の名はガルス。貴様らの記憶にも残っているといいがな』

「ガ、ガルス⁉」

魔族が名乗ると、みんなはざわめく。俺は知らなかったが、どうやら名の知れた魔族らしい。

「ガルスって、ゆうめいなの？」

「ああ、大昔魔王軍に仕えた一級魔法闘士だよ……」

「よりによって、そんな有力魔族が来るなんて……」

俺を抱く父母の手が一段と強くなる。一級魔法闘士なんて、聞いただけで手ごわそうだ。どうしてこいつがヘル・アイランドに来たかは分からないが、悪い目的なことは間違いない。

『シャープルズ家、そしてリオという赤子よ。我に殺される運命をありがたく思うがいい』

「『!?』」

ガルスは淡々と告げる。爪先をギラリと陽光に反射させながら。人間の喉など簡単に切り裂けそうだ。

「リオを殺させるものかっ！」

「命に代えても守るわっ！」

「こっちに来たらぶん殴ってやるからね！」

『殺させやしないわっ！　リオちゃんは私たちが守る！』

すかさず、父母やキーラさん、神獣ズが俺の周りを囲む。俺もまた、初めて本格的な命の危機を感じ、父母の服を固く握り締めた。

「お前ら、リオちゃまを守れ！　指一本触れさせるな！」

「へいっ！」

さらにデニズたちが一番外側を守る。こっちは神獣ズに島民たち、たくさんの人数が揃っている。だが、ガルスはまったく怖じ気づく様子はなかった。

『ククク……抵抗するとは惨めなものよ……』

『「は、速いっ……！」』

ガルスは俺の目の前に瞬間移動した。神獣ズや島民たちが壁のごとく俺と父母を守っていたが、すり抜けるように突破してしまったのだ。〈ビジョンブルーベリー〉で強化された動体視力をもってしても、動きを追うことができなかった。

『死ねえええ！』

「「リオォッ！」」

父母が俺に覆いかぶさった。俺も反射的に目をつぶる。

――新しい人生はここで終わってしまうのか……？

そんなのは絶対にイヤだ。まだ一年も生きていないじゃないか。何より、父母や島民たち、そして神獣ズともっと一緒に暮らしたい。走馬灯のように様々な感情が湧き上がったとき、ざらざらと頭が撫でられる感覚を覚えた。

『……と見せかけて、撫で撫で撫で撫で！』

「え」

ガルスが父母の隙間から、俺の頭を控えめに撫でている。そう、ガルスが。さっきまであんなに俺たちを殺すと息巻いていた、魔王軍一級魔法闘士のガルスが。

父母が信じられない物でも見たような顔で言う。

「き、君は何をやっているんだ？」

「リ、リオをどうして撫でているの？」

『見れば分かるだろうが。リオ天使を愛でたいからだ。おお～、お目目がくるくる。ほっぺがぷるるん』

魔族の口から天使という言葉が出るとは。父母はおずおずと尋ねる。

「僕たちとリオの殺害は……？」

「さっき殺すって言っていたけど……？」

『止めた！　人間の赤ちゃんがこんなに可愛いなんて知らなかったの！』

そんな子どもみたいに……。突然の豹変ぶりに言葉を失う俺たち。我らがガルスは、上機嫌で俺を触っては嬉々として感想を述べる。どうやら、命の危機は去ったらしい。

□□□

「ほ、本当にもう戦いの意志はないのか？」

『にゃいにゃい。こんな可愛い生き物を殺すなんて、それこそ愚の骨頂である』

ガルスは俺の頭を撫でながら言う。一応、戦うつもりではないことが分かり、ヘル・アイランドの厳戒態勢は解除された。だが、父母は相変わらずがっしりと俺を抱く。ガルスは間隙を縫うように俺を撫でていた。

「大昔、魔族は人間と戦いの日々だったと聞いたけど……人間が憎いわけではないの？」

「長い争いの歴史の中で、互いに憎しみを憎しみで昇華させる日々を送っていたと聞いているが……？」

父母は結構踏み込んだ質問をする。ふとした拍子に魔族の血が騒いだらどうするのだ。内心静かに心配していたら、ガルスは爪先をギラリと構えた。その体を激しいオーラがまとう。

『無論、人間どもとは血で血を洗う戦いの日々だったわ！』

「やっぱり！」

父母は慌てて俺をガルスから引き離す。ほら、言わんこっちゃない！　父母の余計な質問で魔族の血が騒いだんだ。ガルスは爪先を俺たちに突きつけ、迫真の表情で叫ぶ。

『我らと人間は日々戦っていたぁ！　そう……ボードゲームでなぁ！』

「…………え？」

ガルスから放たれたのは、まさしく衝撃といって差し支えないセリフだった。ボードゲームという、魔族はおろか異世界ですら聞かなそうな言葉……。だが、たしかに聞いたのだ。呆然とした俺たちに気づかない様子で、ガルスは話を続ける。

『我々魔族と人間どもは、何十年も戦い続けていたさ。だが、双方の実力は拮抗《きっこう》していてな。戦いが続くにつれ、疲弊しきってしまった。そんなある日、空から女神が舞い降りたのだ』

「ゴクリ……」

みんなの唾を飲む音が聞こえる。女神って、もしかしてアルテミス様のことだろうか。たぶんそうだよな。大昔から女神をやっていたのだろう。異世界転生もなんか手慣れた感じだったたし。

『魔族と人間の争いを見かねた女神は、ボードゲームをこの世にもたらしたのだ。武器をもって傷つけ合うより、盤上で互いの知を戦わせよと……。おかげで、魔族も人間も余計な被害が出ずに済んだのだ』

「おおお～！　さすが、女神様……！」

話を聞いているうちにみんなの緊張感はほぐれていき、アルテミス様を讃える声も聞かれた。ここにきてあのポンコツ女神、アルテミス様の存在感が増す。

『どうやら、女神は遊戯が好きらしくてな。我らの戦いを見て、どうすれば争いを解決できるか考えていたらしい。それ以来、魔族と人間は血で血を洗うようになった。盤面上でな。だがしかし、人間との七番勝負に敗れた我らは、魔界で精進を続けていたのだ』

「魔界に封じられていたわけではないのか？」

『そんなもの、貴様らが都合よく話を捻《ね》じ曲げたに決まっているだろう。まぁ、勝者の特権ということで我らも見逃してやったわ』

争いを治めるためにゲームを提供するとは、実にアルテミス様らしい。まさか、そんな昔からゲーム好きだったとは。ソシャゲにハマるのも納得だ。というか、ちゃんと女神らしい仕事をしていたんだな。素直に感心する。父母は顔を見合わせると、おずおずと尋ねた。

「ガ、ガルスよ。一つ聞きたいのだが、島に来たときに言っていた〝稀有な巡り合わせ〟とはなんだ？」

「誰かのおかげで人間界に来れたとも言っていたわね。誰と関わりがあるのかしら？　異界に来るのはそう簡単なことではないはずだけど」

もっともな質問だ。みんなの話では、魔族は魔界にいたらしい。そんなポンポン行き来できるものだろうか。ガルスは顎に手を当て、う～んと考える。

『え～っと、何だったかな。印象の薄い人間で思い出せん。……文句男《お》……文句来る……そうだ、モンクルだ。モンクル・ギャリソン』

「モ、モンクル公爵!?」

『あんなのでも人間の公爵家が務まるとは世も末だな。はははははは』

「ははははは……」

ガルスが高笑いする中、父母と島民たちの顔には徐々に疲労が現れる。海賊団に引き続き、またモンクル公爵の差し金だったとは。どこまでシャープルズ家が憎いのだろうか。

『なぁ、余もこの島に住まわせろ。毎日、天使リオを愛でさせろ』

「あ、ああ、住むのは構わんが」

「リオが好きな人に悪い人はいないわ」

『うむ！　貴様らは話の分かる人間たちではないか。はははははは』

とりあえず、ガルスはヘル・アイランドに住むことになった。聞いてもないのに魔界の話を始めたので、父母は一旦キーラさんに対応を任せる。

「モンクル公爵は想像以上に僕たちを恨んでいるようだ。困ったね、ロザリンド」

「ええ、魔族まで送ってくるなんてさすがに見過ごせませんわ。かといって、私たちではどうすることもできないし」

「やはり、ここはもう一度リリアン様を頼ろう。前の手紙はまだ見ていないのかもしれない」

「私も賛成よ。モンクル公爵は公爵家だから、その上は皇女様しかいないわけだものね」

「「……であれば」」

父母は言葉を切り、俺を見た。さも当然のように。次に何を言われるかは、もう何となく想像がつく。経験則に基づいてな。

「リオ、リリアン様の似顔絵を描いてくれないか？　できるだけ大きいといいな」

「大好きなリオから似顔絵つきの手紙が届いたら、リリアン様も多大なるお力を貸してくださると思うの」

「わ、わかった……」

やっぱり、父母はだいぶちゃっかりしているよな。渡された羽ペンを握る。いつの間にか、持ち手が布で太くされていた。俺用にカスタマイズしたのだろう。

リリアン様の似顔絵を紙いっぱいに描かされ、父母が別の紙に懇願を書き、手紙は完成した。

「二回目だからすぐ書けた」と子どものように喜んでいた。ネモスに渡すのは俺の役目。

「ネモス、このてがみはこんでくれる？」

『もちろんですよ。さっそく届けましょう』

父母と一緒に手紙を持ったネモスを見送る。今後こそ、モンクル公爵が大人しくなってくれるといいのだが……。

間章：息子から手紙が！（Side：リリアン）

「あ〜、次リオきゅんに会えるのはいったいいつだ〜」

「弱音を吐くでない、リリアン。一分一秒、無駄にすることはできないぞ」

ヘル・アイランドから帰還して以来、我はずっと公務に追われていた。父上は復帰したが、自分も孫のリオきゅんに会いたいと言い始め、休みを作ろうと必死に仕事を進める。結果、我も巻き込まれ、以前よりさらに忙しくなったのだ。

「皇帝陛下、リリアン様、失礼いたします」

公務をさばいていると、執務室の扉がノックされた。数人の使用人が入ってくる。

「リリアン様宛てに、お手紙が新たに二通届いております」

「なんだ、また手紙か」

ひっきりなしに手紙が運ばれる毎日だ。手紙を見るたびリオきゅんに会える日が遠くなる気がするが、うんざりしてなどいられない。皇女たるもの、全ては国のため、民のため、そして息子のために尽くすのだ。

「一通は二週間ほど前に届いたのですが、ちょうどリリアン様が外交に出られてたので、私どもの方で保管しておりました」

「ああ、そうだったな。ありがとう」

二週間前は、空挺騎士団を連れて南方諸国を外遊中だった。我がいない間の手紙の管理は、使用人に一任していたのだ。

「どちらもヘル・アイランドからの手紙でございます。大きなドラゴンが届けにまいりまして……」

「ヘル・アイランドだとぉ！」

「ひぃっ！」

猛スピードで手紙を受け取ると、使用人の髪が激しく揺れた。思わず本気を出してしまったのだ。さらに、差出人の名前を見た瞬間、歓喜の声が轟いた。腹の底から。

「リオきゅんからの手紙ぃ‼」

「ひっ！」

差出人は……リオきゅんだった！（＋シャープルズ家）。我の息子、リオ・ヴィケロニア！

古い方から確認しよう。どれどれ……。

「ヘル・アイランドに海賊が襲来し、リオが大変に怖い思いをして泣き叫んでしまいました……」

そこまで読んだところで、怒りにより手が震え先が読めなくなった。体中から魔力が波動となって迸る。意識の隅で、窓ガラスにヒビが入る音が聞こえた。

「た、大変だ！　リリアン様がお怒りになられているぞ！　それもただのお怒りではない！

〝鬼神の体現〟モードを発動されている！」

「こうなったリリアン様は、騎士一個大隊の実力を持つと言われている、あの〝鬼神の体現〟モードォ!?」

使用人たちの叫び声が聞こえる気がするが、我は自分を抑えられない。

「リ、リリアン、どうしたっ……何があった。大丈夫か？」

父上の問いに、かろうじて意識を取り戻した。

「大丈夫ではございません……父上、この手紙をお読みください……」

「手紙？　……差出人はリオきゅんじゃないかっ！　どれどれ、［ヘル・アイランドに海賊が襲来し……」

同じくらいのところまで読むと、父上もまた怒りに身を震わせる。我に匹敵するほど強力な魔力が全身から放たれ、室内の壺がいくつも割れた。

「た、大変だ！　今度は皇帝陛下がお怒りになられているぞ！　それもただのお怒りではない！　で、伝説の……〝魔神の顕現〟モードだ！」

「こうなった皇帝陛下は、騎士一個師団の実力を持つと言われている、あの〝魔神の顕現〟

モードォ!?」

使用人の叫び声とともに昔を思い出す。地面を覆うほど大量のモンスターの襲撃を受けたとき、父上が一人で蹂躙したことを……。こうなった父上は誰にも止められない。バーサーカーのごとく、全ての敵をなぎ倒すのだ。海賊たちに明日はないだろう。ふと、別の手紙が目に入った。

「……父上、落ち着いてもう一通の手紙を確認しましょう」

「……む、まだ他にあったか」

もう一通の手紙を開ける。こっちもリオきゅん！（＋シャープルズ家）が差出人だった。中身を読み進める。

「……魔族にリオきゅんが襲われて泣き叫んだ？　夜も眠れない日々を過ごしている？」

「ひぃっ！」

もうダメだ。海賊も魔族も八つ裂きにしなければ気が収まらない。リオきゅんに与えた苦しみを、千億倍にして返してやる。すぐにでもヘル・アイランドに向かう勢いだったが、どちらの手紙にも気になる文章があった。

「全て裏で糸を引いていたのは、モンクル公爵…………だと？」

読むにつれ、詳しい状況が分かる。どうやら、海賊も魔族も、モンクル公爵が襲撃するよう指示したらしい。二通目の手紙の最後には、モンクル公爵によりシャープルズ家は私的な島流しをされた旨も書かれていた。

「……なるほど、モンクル公爵が」

「朕が寝ている間に、好き勝手やってくれたようだな」

「宮殿が……宮殿が壊れる……！」

怒りに震える手から、カサリと紙が落ちる。目に飛び込んできたのは、紙いっぱいに描かれた我の似顔絵。その下に、小さく「たちゅけて」と書いてあった。部屋の調度品が全て吹き飛ぶ。

「……おい、大至急モンクル公爵を呼べ」

「……大臣たちにも召集をかけよ。緊急会議を行うとな」

「か、かしこまりましたぁっ！」

使用人たちは逃げるように部屋から出る。モンクル公爵……愛する息子を、孫をイジメた貴様を、我らは絶対に許さない。

間章：なんで……？（Side：モンクル）

「さて、モンクル公爵。貴様がここに呼ばれた理由は、おおかた想像ついているはずだ。我らが話さずともな」

ワシは皇帝の間にいた。リリアン様は想像つくとおっしゃったが、まったく意味が分からない。屋敷でのんびりとガルスの報告を待っていたら、いきなり騎士団に連行されたのだ。

「リ、リリアン様、お言葉ですが、まったく分かりません」

「……わからないだと？」

「あっ、いえっ、分かります……！　分からないと分かるの狭間《はざま》でございまして……！」

「分かるということは、貴様はずっと悪事を働いている自覚があったのだな」

リリアン様の目が一段ときつくなり、恐怖で身がすくむ。右に転んでも左に転んでも地獄しか待っていない。何がどうしてワシはこんな目に遭っているのだ。しかも、なぜか後ろ手に縄で固く縛られていた。周囲には屈強な衛兵が何人もいる。

「も、申し訳ございません、リリアン様。一つご確認したいのですが、なぜ縄でワシを……それにこの大量の衛兵は何でしょうか……」

「逃走の危険があるためだ」

端的に告げられた。完全に悪人の扱いではないか。

「そして、貴様に怒っているのは我だけではない」

リリアン様の言葉とともに、皇帝の間の奥にある扉が開かれた。この国で一番偉い人間しか通ることができない、大変に格式高い扉が……。

「こ……皇帝陛下ぁ⁉」

とんでもないことに、皇帝陛下まで現れた。リリアン様の隣に座る。こ、これはいったいどういう状況……。唖然としていたら、リリアン様が静かに説明した。

「父上は完全に快復なされた。ヘル・アイランドで暮らすリオの活躍に胸を躍らせてな」

「リオのことを思えば、寝てなどいられん」

「……え？」

今、二人はリオ……と言ったのか？　あのシャープルズ家のガキ？

「リオは長い帝国の歴史でも稀《まれ》に見るほど素晴らしいスキルと、他人に尽くす善の心を持っている。朕も嬉しい」

皇帝陛下は上機嫌で言う。リリアン様だけでなく、皇帝陛下をも味方につけた……？　状況と展開の速度に理解が追いつかずぼんやりしていると、リリアン様がやけにゆっくりと口を開いた。

「さて、モンクル公爵。我らは全て知っている。貴様がシャープルズ家をヘル・アイランドに島流ししたことも、海賊団や魔族を派遣して殺そうとしたこともな」

「…………え？」

一言で全ての悪事が追及された。な、なぜ島流しは元より、ガルスを派遣したことまで知られているのだ……。

「私的な島流しは禁止されているし、そもそもシャープルズ家には何の罪もない。貴様の行いはれっきとした殺人未遂だ。何より、危険な存在の魔族を人間界に召喚した。……貴様は重い罪に問われるな」

「お、お言葉ですが、証拠はあるのでしょうか！」

そうだ。罪を裁くには証拠がいる。無論、あらゆる証拠は残していない。確実に処理した。よって、罪に問われても裁かれることはない。ワシは強い自信を持っていた。

「島流し、海賊団の派遣、魔族の派遣、全ての事実において、貴様の家に勤める使用人が百パーセント同じ証言をしている。これは非常に強固な証拠となりうる」

「あ……ぃや、それは……」

ワシの自信は跡形もなく消え去った。同時に、激しい怒りが沸き起こる。使用人どもに裏切られたのだ。断じて許せない。

「一番確かな証拠は、貴様の屋敷の隠し部屋にあったアイテムの数々だ。魔族の召喚に使ったな」

その言葉を待っていたかのように運び込まれる。〈八咫烏の水瓶〉が……。地下の隠し部屋の、さらに隠し戸棚へしまい込んだはずだ。

「ど、どうして、それが……！」

「ギャリソン家の使用人が調査に協力してくれたのだ。隠し部屋の場所も戸棚の場所も、全て把握されていたぞ。貴様は自分に仕える人間を見下しすぎだ」

「……クソォッ！」

「宮廷魔術師に詳しく調べさせた結果、〈暗黒石〉、〈魔の羽根〉、〈魔の生き血〉の成分も検出された」

「……ぁあっ！」

もう言い逃れできない。ガルス召喚のために使ったアイテムまで調べられているとは……。リリアン様の調査には隙がなく、まさしくぐうの音も出なかった。

「モンクル公爵、貴様は監獄行きとする。一生暗闇の中で反省の時間を過ごせ」

「なっ……！」

か、監獄行き？　ヴィケロニア帝国を代表する三大公爵家当主のワシが？　反論しようとするも、ショックで言葉が出てこない。

「帝国に死刑制度はない。我と父上は死刑を制定する法律を提案したが、大臣の過半数が反対した。よって、死刑の制定は却下された」

リリアン様は淡々と告げる。やはり、ワシは人徳があるようだ。半分ほどは反対したんだからな。……いや、待て。過半数の反対ということは、リリアン様以外にもワシに死んでほしいと思っている人間がいたということか？　……皇帝陛下にも？

さらに、話はまだ終わりではなかった。

「貴様からは爵位を剝奪し、代わりに、シャープルズ家に公爵の位を授ける。ヘル・アイランドを発展させた功績を讃えてな」

「しゃ……く……い……の……は……く……だ……つ……？」

今度こそ、意識を失いそうになった。命より大事な、ワシの唯一のアイデンティティである爵位。それが剝奪され、なおかつシャープルズ家に奪われる……。かつてないほどの衝撃に心が砕かれた。

「さあ、連れて行け」

「もう二度と朕とリリアンの前に顔を見せるな」

「お、お待ちを……！　お待ちをぉぉぉお！」

衛兵がワシを掴み上げ、地下へ続く階段に連れていく。地下に着くと、牢屋《ろうや》へ乱雑に放り投げられた。目に入るは湿った暗い壁だけ。

今思えば、あまりにも愚かだった。シャープルズ家ではない。このワシだ。いつまでも叶わぬ恋に執着し、島流しという情けない嫌がらせをする……。シャープルズ家と良好な関係を築けていれば、リオという子どもとも仲良くできたはずだ。だが、それこそ叶わぬ夢だ。牢の中には、子どもはおろか誰もいない。

——そうすれば、ワシはじいじになれたかもしれないのに……。

後悔という地獄へと、真っ逆さまに落下した。

間章：第三回神獣会議――これからもみんな一緒

『いやぁ、魔族が来たときはさすがの私もドキッとしちゃったわ』

『おいらも怖かったけど、リオさんを守ろうと頑張ったッス』

『魔族も仲間になったみたいでよかったですね』

ガルスがヘル・アイランドを訪れた日の夜。回数を重ねること三回、すっかり恒例となった神獣会議が開かれていた。

『わたしー魔族なんて初めて見たー。優しくてよかったわー』

『どうやら、長い歴史で……魔族への評価は変わっちゃったみたいだね……』

『吾輩も良好な関係が築ければ嬉しい』

神獣たちはシャープルズ家を見る。窓からは温かい光が零れていた。ガルスの高笑いも聞こえるので、さぞかし会話が弾んでいることだろう。

『じゃあ、そろそろ自己紹介といきましょうか』

『『は～い』』

リオが召喚した順に、神獣たちは自己紹介する。この世の地獄と言われていたヘル・アイランドには、すでに九匹もの神獣が揃っていた。

『もう知っておると思うが、ワシはエンパスじゃ。リオ坊に会えて本当によかったのぉ。これからの成長が楽しみ楽しみ……ホッホッホッホッホッ』

エンパスは四本の腕を組んで笑う。リオが成長したら、『あの子はワシが育てた』と、周囲に言うつもりだった。

『リオしゃんはなんであんなに可愛いんでしょうねぇ。お歌の声がちょっと小さいのが気になるけど。……あっ！　言い忘れてたわ、あたしはシレーヌ。よろぴく～』

海の中から、シレーヌが言う。彼女は昼夜を問わず海辺で歌うが、ヘル・アイランドの住民は皆むしろ喜んでいた。

『ティブロンはティブロンと申します。見ての通り、アナグマの神獣です。どうぞよろしく……！』

小さな会釈を繰り返しながら、ティブロンは控えめに挨拶する。温泉という幸せをもたらしたこともあり、神獣たちは拍手で迎えた。ただ一人、怪訝《けげん》な表情をしたジルヴァラ以外は。

『……私の尻尾踏んでるんだけど』

『ああ、すみませんっ！　本当にちょうどいいところにあるもんで……！』

ティブロンは大慌てで足をどける。ジルヴァラが密かに誇っている尻尾に踏み跡がついた。これもまた、すっかり恒例の展開となっている。恒例ではあったが、ジルヴァラは嫌がりつつもそこまで怒ってはいなかった。ジルヴァラは新しく召喚された三匹の神獣に語りかける。

『三人とも、リオちゃんのスキルについてどう思う？』

『どう思うも何も、天に選ばれたスキル……という表現がピッタリじゃ』

『まさしく、その通りね。リオしゃんはスーパー特別な赤ちゃんなのよ』

『ティブロンも同感です。マスターリオは世界一、人類史上一特別な赤ちゃんなのです』

神界に住む存在を召喚する……それはつまり、神界と人間界を結ぶパイプ役になることを意味する。いずれ、リオには大きな役目がやってくると神獣たちは思う。心優しきリオにしか解決できない難題が。だが、それはまだ当分先のこと。今は赤ちゃんマスターの健やかな成長を見守りたい。

『何はともあれ、ずっとリオちゃんの傍にいられることを祈りましょう』

『『神獣は…………これからもマスターと一緒！』』

満天の星に神獣たちの声が響く。流れ星が一つ、静かに夜空を横切った。

第十章：愛される人生

「ほら、ガルス。リオを返してくれ。制限時間を三秒もオーバーしているぞ」

「リオだって、ずっとガルスに抱かれていたら疲れちゃうわよ」

『それならば余も言わせてもらうが、貴様らも取り決めを破ってばかりだぞ』

「『だって、僕（私）たちは親子だもの』」

「どっちもどっちだね」

ガルスは、今やすっかりヘル・アイランドの一員だ。俺の抱き心地が気に入ったらしく、しょっちゅう父母から俺を奪う。神獣ズは、それはそれは温かい目で俺たちを見守る。父母はというと、第二のリリアン様が生まれそうで怖いようだ。要するに、抱かれては父母に取り上げられ、また抱かれる日々だ。

「アーサー様、ロザリンド様、失礼いたします」

父母とガルスの腕を行ったり来たりしていたら、ゼノスさんが現れた。

「どうした、ゼノス。君もリオを抱きにきたのか？」

「あいにくと今は予約でいっぱいなの」

「いえ、私もリオ様を抱っこしたいのですが、港に船が参りました」

ゼノスさんは海の方角を指す。言われた通り、大きな帆船が見えた。木造の巨大な船だけど、海軍のような大砲はないようだ。デッキの上に、わらわらと猫のような人間が集まる。

「リオ殿ー！　お元気だったネコかー!?」

「ネコかー!?」

『あらぁ、久しぶりねぇ。大きな船が立派だわ』

「「猫の民の皆さまぁー!?」」

『商売が再開できたんスね！』

『再会できて光栄です』

なんと、アニカさんたちだ。また会えるなんて。きっと、新しい商船が買えたのだろう。

お～いとみんなで手を振っていたら、さらに彼女らの後ろから、また別の大型船が港にやってきた。何個もの大砲で武装した、太いマストが四本もある船だ。どこかで見たような帆船だな。

「リオ殿ー！　お久しぶりでございますー！」

「「帝国海軍第一艦隊いいい!?」」

『また魔石が必要なのかしらー？』

『その節はどうも……ボクもまた会えて嬉しいです……』

やっぱり、レオポルトさんと帝国海軍第一艦隊の皆さんだった。どうりで既視感があったわけだ。いやぁ、まさか同時にいらっしゃるなんて。珍しい偶然もあるな。再会を喜ぶ間もなく、今度は上空が騒がしくなった。

「リオ殿ー！　新しい伝説を作ってくださいー！」

「「渡りの民の皆さんん⁉」」

『よい機会だ。吾輩とともに空を飛ぼうぞ』

ナターシャさんと渡りの民御一行。なんか……雲行きが怪しくなってきたぞ。もしかして、今までの来客がこのまま来るのか？　おまけに、デニズたちとガルスはもうヘル・アイランドにいるから……。

「リオ殿ー！　また素晴らしいお話を聞かせてくださいませー！」

「「空挺騎士団の皆さんん⁉」」

『いやぁ、毎日毎日賑やかで楽しいのぉ、ホッホッホッホッホッホッ』

『リオしゃんの歌聞かせてあげましょうよ』

あろうことか、空挺騎士団の面々までヘル・アイランドにやってきた。な、なぜ、みんな同じタイミングで来るのだ。騎士団のドラゴンは優雅に降り立つ……のだが、様子がおかしい。リリアン様が訪れたときと同じように、いや、それ以上に張り詰めた空気で整列する。何が現れるのかとみんなでドキドキすると、整列の奥からやけに威厳のある初老の男性がひょっこりと顔を出した。

「シャープルズ家ー、朕も会いに来たぞよー」

「「こ、皇帝陛下ぁ⁉」」

　とんでもない衝撃が島を襲った。父母はショックが抜けきらない様子で尋ねる。

「た、体調を崩されていると伺っておりましたが……」

「もうずいぶんと具合が悪いと……」

「我が孫、リオきゅんの活躍ぶりを聞いていると、体調不良が吹き飛んだのだ」

「「孫ぉ⁉」」

　いつから俺は皇帝陛下の孫になった。体調不良の件もそうだが、それ以上の驚愕に続く驚愕。

「そして、ヘル・アイランド発展の功績を称え、貴殿らには公爵の位を授けることにした。これからはシャープルズ公爵を名乗るがいい」

「「公爵家ぇ⁉」」

　いったい何が起きている。展開が早すぎるぞ。これが異世界の標準スピードなのか？　だがしかし、島にいる全ての生きとし生ける者があることに気づいた。……ちょっと、待て！　皇帝陛下がいるってことは……！

「リオきゅ～ん、やっと会えたね～！　ママがお迎えに来まちたよ～」

「「ぎゃあああっ、リリアン様！」」

　皇帝陛下の後ろから、リリアン様が駆けてきた。父母は急いで俺を抱きあげ、リリアン様から猛ダッシュで逃げる。

「急いでリオを隠さないと！　ど、どこに隠せばいいんだ！」

「とりあえず家に行きましょう！」

『ティブロンも隠すの手伝います！』

『だから、私の足が……！』

わいわいと騒ぎが巻き起こる。頭の中に、もう二度と会えないと思っていたアルテミス様の声が聞こえた。

『ねえねえ、リオ君。新しい人生は楽しいかい？』

愚問だな。そんなの、たった一つの答えしかないじゃないか。

「さいこうのじんせいだよ」

みんなの騒ぎ声にかき消される中、空に向かって呟いた。…………最高の気持ちで。

あとがき

読者の皆様、初めまして。作者の青空あかなでございます。このたびは本作『転生赤ちゃんは家族のために最強の島をつくります～神獣召喚スキルで無人島を開拓したら、世界一のユートピアになりました～』をお手に取っていただき、そしてご購入くださり誠にありがとうございます。

この作品はタイトルや表紙からも分かるように、生後半年ほどの〝赤ちゃん〟が主人公です。著者が今まで書いてきた中で一番幼く、青空あかな史上、最年少の主人公となりました。赤ちゃんならではの可愛くて楽しい毎日を、これでもかと詰め込みましたのでどうぞお楽しみに。〝もふもふな神獣〟たちもたくさん出てきますので、たっぷり癒やされてください。

主人公――リオ・シャープルズはちっちゃな赤ちゃんですが、類まれなチートスキルを持っています。なんと、人間界にはいないはずの、もふもふな神獣たちを召喚できるのです。フェンリル、モグラ、グリフォンなど、多種多様な神獣がいっぱい出てきます。みんな、リオが大好きです。どうやって召喚するのかは、ぜひ本編をお読みください。

本作には、生まれて間もないリオを、それはそれは目いっぱい愛してくれる人たちがたくさん出てきます。親バカな両親を始め、心優しき島民たち、もふもふの神獣たち、少々リアクションの激しい客人、はたまた皇女様なんて大物も……本当に色々です（あと女神様も？）。彼らとの愛され生活もまた、本作の大きな特徴だと思います。

さて、リオがこの世界で生を受けたのは、絶海にある孤島でした。海はいつも荒れ、畑の作物はちっとも育たず、島民たちは明日食べるのも苦労しています。完全に外界から隔絶された、まさしく地獄の島でした。そのような苦難あふれる島で、リオは心静かに決意します。みんなの生活をよくするため、精一杯頑張ると……。

家族のために、愛してくれる周りの人たちのために、毎日懸命に頑張る赤ちゃんな主人公――リオ。彼と一緒にドキドキワクワクな島の開拓を、どうぞお楽しみください。

それでは、最後となってしまい大変恐縮ですが、関係者の皆様に謝辞を述べたいと思います。目を奪われるほど魅力的で素敵なイラストを描いてくださったイラストレーターの夕子様、出版に向けて優しく力強く導いてくださった編集担当様、グラストNOVELS編集部様、本作の出版に多大なお力添えをくださった皆様方、そして、数多くある本の中からこの作品を選んでくださった読者様へ心から御礼申し上げます。本当にありがとうございました。

青空《あおぞら》あかな

転生赤ちゃんは家族のために最強の島をつくります
～神獣召喚スキルで無人島を開拓したら、世界一のユートピアになりました～

2024年5月24日　初版第１刷発行

著　者　青空あかな

発行人　菊地修一

発行所　スターツ出版株式会社

〒104-0031　東京都中央区京橋1-3-1　八重洲口大栄ビル７Ｆ
TEL　03-6202-0386（出版マーケティンググループ）
TEL　050-5538-5679（書店様向けご注文専用ダイヤル）
URL　https://starts-pub.jp/

印刷所　大日本印刷株式会社

ISBN　978-4-8137-9335-9　C0093　Printed in Japan

[青空あかな先生へのファンレター宛先]
〒104-0031　東京都中央区京橋1-3-1　八重洲口大栄ビル７Ｆ
スターツ出版（株）　書籍編集部気付　青空あかな先生

グラスト NOVELS

話題作続々！異世界ファンタジーレーベル

ともに新たな世界へ

2024年8月 3巻発売決定!!!

毎月第4金曜日発売

辺獄に戻った真の勇者に、
今度も新たなトラブル発生!?

著・丘野優　　イラスト・布施龍太

定価:1430円（本体1300円+税10%）※予定価格

※発売日は予告なく変更となる場合がございます。